海外小説 永遠の本棚

ハルムスの世界

ダニイル・ハルムス

増本浩子 ヴァレリー・グレチュコ＝訳

白水*u*ブックス

«Случаи» и другие рассказы

Даниил Хармс

ハルムスの世界　目次

ハルムス傑作コレクション　97

出来事《ケース》

マリーナ・ヴラジーミロヴナ・マリッチのために

青いノート　No.10

赤毛の男がいた。その男には眼もなかったし、耳もなかった。髪の毛もなかった。だから、仮に赤毛と呼ばれているだけだった。

その男は話すこともできなかった。と言うのも、口がなかったからだ。その男には鼻もなかった。

それどころか、腕もなかったし、脚もなかった。それに腹もなかったし、背中もなかったし、背骨もなかったし、内臓もなかった。その男には何にもなかったのだ！　だから、誰の話をしているのか、よくわからない。

もうこの男の話をするのはやめた方がよさそうだ。

Голубая тетрадь № 10（1937）

出来事《ケース》

ある日のこと、オルロフはえんどう豆のピュレをいやというほど食べて死んだ。クルィロフはそのことを知って、やはり死んだ。スピリドノフは勝手に死んだ。スピリドノフの妻はサイドボードから落ちて死んだ。スピリドノフの子どもたちは池で溺死した。スピリドノフのおばあさんは酒に溺れ、放浪するようになった。ミハイロフは髪をとかすのをやめ、疥癬にかかった。クルグロフは鞭を手にした婦人の肖像画を描き、気が狂ってしまった。ペレフリョストフは電報為替で四百ルーブル受け取り、鼻高々になっていばりくさったので、職場から追い出された。

みんないい人たちばかりだが、しっかり地に足をつけていることができないのだ。

Случаи（1936）

落ちていく老婆たち

ひとりの老婆が好奇心にかられて身を乗り出すうちに、窓から落ちて死んだ。

もうひとりの老婆が窓から顔を出して、階下の、墜落死した老婆を見ていたが、好奇心にかられて身を乗り出すうちに、やはり窓から落ちて死んだ。

その後、三人目の老婆が窓から落ちた。それから四人目が落ち、五人目が落ちた。

六人目の老婆が落ちたとき、私は彼女たちの様子を見るのに飽きてきて、マリツェフスキー市場に行った。その市場では、ひとりの盲人に手編みのショールがプレゼントされたという噂だったからだ。


Вываливающиеся старухи（1936–1937）

ソネット

私の身に奇妙なことが起きた。7と8のどちらが先に来るのかが、突然わからなくなったのだ。

私は隣人たちのところに行き、この問題についてどう思うか尋ねた。

彼らも数字の順番をよく思い出せないとわかったとき、彼らも私もどれほど驚いたことだろう。1、2、3、4、5、6までは思い出せるのに、そこから先は忘れてしまったのである。

私たちはみんなで、ズナメンスカヤ通りとバッセイナヤ通りの角にある食料品店「ガストロノム」に行って、そこのレジ係の女性に、私たちを困らせている問題について尋ねた。レジ係の女性は物憂げに微笑み、口から小さな金槌を取り出し、鼻をピクピク動かしながら言った。「私の考えでは、8が7の後に来る場合には、7の方が8の後だと思うわ」

私たちはレジ係の女性にお礼を言い、うれしい気持ちで店から出た。だが、レジ係の女性が言ったことをよく考えてみると、私たちはまたしょんぼりしてしまった。と言うのも、彼女の言ったことには何の意味もないように思われたからだった。

いったいどうすればいいのだろう。私たちは夏の庭園に行き、そこで木を数え始めた。しかし6まで来ると、私たちは数えるのをやめて言い争い始めた。次に来るのは7だと言う者もいれば、いや8だ、と言う者もいた。

私たちはもっと言い争いを続けることもできたのだが、幸いにもそのときひとりの子どもがベンチから落ちて、上あごと下あごの両方の骨を折ってしまった。この出来事が私たちの気をそいだ。

それで私たちはめいめいの家に帰っていった。

Сонет (1935)

ペトローフとカマローフ

ペトローフ「おい、カマローフよ
　　　　　一緒に　蚊を　つかまえよう」
カマローフ「いや、まだ　準備はできないよ
　　　　　それより　猫を　つかまえよう」

Петро́в и Камаро́в（成立年不詳）

眼の錯覚

セミョン・セミョーノヴィチが眼鏡をかけ、松の木の方を眺めると、松の上に男がすわってこぶしを突き出しているのが見えた。

セミョン・セミョーノヴィチが眼鏡をはずして見ると、松の上には誰もいなかった。

セミョン・セミョーノヴィチが眼鏡をかけて、松の木の方を眺めると、またもや松の上に男がすわってこぶしを突き出しているのが見えた。

セミョン・セミョーノヴィチが眼鏡をはずしてみると、またもや松の上には誰もいなかった。

セミョン・セミョーノヴィチがまた眼鏡をかけて、松の木の方を眺めると、またまた松の上に男がすわってこぶしを突き出しているのが見えた。

セミョン・セミョーノヴィチはこの現象を信じたくなかったので、眼の錯覚だということにした。

Оптический обман (1934)

プーシキンとゴーゴリ

ゴーゴリ　（幕から転がり出て、舞台上でじっと横になっている）
プーシキン　（舞台に登場し、ゴーゴリにつまずいて転ぶ）
「くそっ！　ゴーゴリじゃないか！」
ゴーゴリ　（立ち上がりながら）
「やな感じ！　ゆっくりしていられないんだから」
（歩き始めるが、プーシキンにつまずいて転ぶ）
「プーシキンにつまずいたじゃないか！」
プーシキン　（立ち上がりながら）
「少しもゆっくりしていられないんだから！」
（歩き始めるが、ゴーゴリにつまずいて転ぶ）

「くそっ！　またゴーゴリじゃないか！」

ゴーゴリ　（立ち上がりながら）

「いつも邪魔ばっかりするんだから！」

（歩き始めるが、プーシキンにつまずいて転ぶ）

「ほんとにやな感じ！　またプーシキンじゃないか」

プーシキン　（立ち上がりながら）

「ちくしょうめ！　こんちくしょうめ！」

（歩き始めるが、ゴーゴリにつまずいて転ぶ）

「くそっ！　またゴーゴリ！」

ゴーゴリ　（立ち上がりながら）

「いつも馬鹿にするんだから！」

（歩き始めるが、プーシキンにつまずいて転ぶ）

「またプーシキン！」

プーシキン　（立ち上がりながら）

「くそっ！　ほんとにくそったれ！」

（歩き始めるが、ゴーゴリにつまずいて転ぶ）
「ゴーゴリだ！」

ゴーゴリ　（立ち上がりながら）
「やな感じ！」
（歩き始めるが、プーシキンにつまずいて転ぶ）
「プーシキンだ！」

プーシキン　（立ち上がりながら）
「くそっ！」
（歩き始めるが、ゴーゴリにつまずいて転び、幕の向こう側へ倒れる）
「ゴーゴリだ！」

ゴーゴリ　（立ち上がりながら）
「やな感じ！」
（幕の向こう側へ行く）

幕の向こう側からゴーゴリの声が聞こえる。「プーシキンだ！」

幕

Пушкин и Гоголь（1934）

指物師クシャコフ

指物師がいた。名前はクシャコフだった。ある日彼は家を出て、接着剤を買いに店へ行こうとした。雪解けの頃で、道は滑りやすかった。指物師は何歩か歩くと、すべって転んで、額を打った。

「ありゃりゃ」

と指物師は言って立ち上がり、薬局へ行って絆創膏を買い、額に貼った。

けれども、彼がまた通りに出て何歩か歩いたとき、またすべって転んで、鼻を打った。

「ふう」

と指物師は言って薬局へ行き、絆創膏を買って鼻に貼った。

それから彼はまた通りに出て、またすべって転んで、頰を打った。

それでまた彼は薬局へ行って、頰に絆創膏を貼らなければならなくなった。

「ねえ」

と薬剤師は言った。

「そんなにたびたび転んでどこかを打つのでしたら、一度にたくさんの絆創膏をお買いになったらいかがですか」

「いいえ、もう転びませんから」

と指物師は言った。けれども通りに出たとき、彼はまた滑って転んで、あごを打った。

「氷のくそったれめ！」

と指物師は叫び、また薬局へ駆け込んだ。

「ほら、ごらんなさい」

と薬剤師は言った。

「また転んだじゃないですか」

「いや」

と指物師は叫んだ。

「今は何も聞きたくない！　いいから絆創膏を出しなさい！」

薬剤師が絆創膏を渡すと、指物師はそれをあごに貼って、家に帰っていった。アパートの住人たちは指物師だということがわからず、彼を中に入れてくれなかった。

「私は指物師のクシャコフだ！」

と指物師は叫んだ。

「何を馬鹿な」

とアパートに住んでいる人は言って、玄関のドアに掛け金とチェーンをかけた。

指物師クシャコフは玄関前の踊り場にしばらく立っていたが、つばを吐いてから通りへと去っていった。

Столяр Кушаков（1935）

長持

首の細い男が長持の中に入り込み、頭上のふたを閉めて、窒息し始めた。

「さてと」苦しい息遣いの中で、首の細い男が言った。「ぼくは長持の中で窒息する。と言うのも、ぼくは首が細いからだ。長持のふたは閉まっていて、空気が入ってこない。ぼくは窒息するだろうが、長持のふたを開けるつもりはない。ぼくはだんだん死んでいく。ぼくは生と死の戦いを見守ることになる。勝負は五分五分なので、不自然な戦いになるだろう。自然に任せれば死が勝ち、死刑宣告を受けた生は、最後の瞬間まで希望を失うことなしに敵と戦うが、それも無駄なことだ。けれども、今ここで繰り広げられる戦いでは、生は勝ち方を知っている。生は、ぼくの手に長持のふたを開けさせようとするだろう。まあ、どちらが勝つか、様子を見ることにしよう。それにしてもナフタリンが強烈ににおうな。もし生が勝ったら、長持の中の物に刻み煙草をふりかけることにしよう……。さあ、始まったぞ。ぼくはもう息ができない。ぼくの負けだ。それははっきりしている！　ぼくにはもう救いはない！　ぼくの頭にはもう高尚な考えは浮かばない。ぼくは窒息する！」

「おや！　これは何だろう？　何かが起きたのだけれど、それが何なのかよくわからない。ぼくはさっき何かを見たか聞いたかしたのだが……」

「おや！　また何かが起きたぞ！　なんてことだ！　息ができない。ぼくは死ぬみたいだ……」

「いったいこれは何だろう？　どうしてぼくは歌ってるんだろう？　首が痛いような気がする……。長持はいったいどこにあるんだ？　どうして部屋の中の物が全部見えるんだろう？　どうやらぼくは床の上に寝ているらしいぞ！　長持はどこへ行ったんだろう？」

首の細い男は床から立ち上がって、あたりを見回した。長持はどこにもなかった。椅子とベッドの上には、長持から取り出された物が置いてあった。けれども、長持そのものはどこにもなかった。

首の細い男は言った。「つまりは、ぼくが知らない方法で生が死に勝ったということだな」

Сунаук（1937）

ペトラコフの身の上に起きた出来事

あるときペトラコフは寝ようと思ったが、うっかりベッドからそれて横になってしまった。床に激しく叩きつけられたので、彼は床の上に横たわったまま、立ち上がることができなかった。

ペトラコフは力をふりしぼって、四つん這いになった。けれども力尽きて、腹這いに横たわったままになってしまった。

ペトラコフはおよそ五時間、床の上に寝そべったままになっていた。最初のうちはただ横になっていただけだったが、そのうちに眠ってしまった。

眠りはペトラコフに新たな力を与えた。目覚めたときには、彼はもうピンピンしていた。彼は床から立ち上がって部屋の中を歩き、ベッドに慎重に横になった。「さあ、今度こそ眠るぞ」と彼は思った。けれどももう眠気はやってこなかった。ペトラコフは何度も寝返りを打ったが、眠ることはできなかった。
結局、それだけのことだ。

Случай с Петраковым（1936）

殴り合いの話

アレクセイ・アレクセーエヴィチがアンドレイ・カールロヴィチを押さえ込み、顔面を殴りつけてから放してやった。

アンドレイ・カールロヴィチは怒りで真っ青になり、アレクセイ・アレクセーエヴィチに飛びかかって歯を殴りつけた。

アレクセイ・アレクセーエヴィチはこんなに素早い反撃を予測していなかったので、床に倒れた。アンドレイ・カールロヴィチは馬乗りになり、口の中から入れ歯を取り出してアレクセイ・アレクセーエヴィチをめった打ちにしたので、アレクセイ・アレクセーエヴィチが立ち上がったときには顔はずたずたになり、鼻が裂けていた。アレクセイ・アレクセーエヴィチは両手で顔を押えて逃げ出した。

アンドレイ・カールロヴィチは入れ歯を拭いて口の中に入れ、歯をガチガチと噛み合わせた。アンドレイ・カールロヴィチは入れ歯がきちんと収まるべき所に収まっているのを確認すると、あたりを見回したが、アレクセイ・アレクセーエヴィチの姿が見当たらなかったので、彼を探しに出かけた。

История дёрущихся（1936）

夢

カルーギンは眠り込んで夢を見た。彼は茂みの中にすわっており、その茂みのそばを巡査が通り過ぎた。

カルーギンは目を覚まして口元をこすり、また眠り込んだ。そしてまた夢を見た。彼は茂みのそばを通り過ぎるのだが、その茂みの中には巡査が隠れていた。

カルーギンは目を覚まし、枕をよだれで汚さないよう頭の下に新聞を敷いてまた眠り込み、また夢を見た。彼は茂みの中にすわっており、その茂みのそばを巡査が通り過ぎた。

カルーギンは目を覚まし、新聞を取り替え、横になってまた眠り込んだ。彼は眠り込んで、また夢を見た。彼は茂みのそばを通り過ぎるのだが、その茂みの中には巡査がすわっていた。

ここでカルーギンは目を覚まし、もう眠り込まないことにした。けれどもすぐにまた眠り込んで、夢を見た。彼は巡査の後ろにすわっており、茂みが通り過ぎた。

カルーギンは叫び声を上げ、ベッドの上をのたうち回ったが、もはや目を覚ますことができなかった。

カルーギンは四日四晩眠り続け、五日目に目を覚ましたが、あまりにやせこけてしまったので、ブーツが落ちてしまわないように靴紐で足にくくりつけなければならないほどだった。

カルーギンがいつも白パンを買っていたパン屋は、彼がカルーギンだとわからなかったので、白パンと偽ってライ麦の混じったパンを渡した。アパートを巡回していた衛生班はカルーギンを見て不衛生だと判断し、もはや何の役にも立たないと考えたので、管理人にカルーギンをゴミと一緒に捨てるよう命令した。

彼はふたつにたたまれて、ゴミとして捨てられた。

Сон（1936）

数学者とアンドレイ・セミョーノヴィチ

数学者（頭から玉を取り出しながら）
私は頭から玉を取り出した。
私は頭から玉を取り出した。
私は頭から玉を取り出した。
私は頭から玉を取り出した。
アンドレイ・セミョーノヴィチ
玉を元に戻せ。
玉を元に戻せ。
玉を元に戻せ。
玉を元に戻せ。

数学者
　いやだ、戻さないぞ！
　いやだ、戻さないぞ！
　いやだ、戻さないぞ！
　いやだ、戻さないぞ！
アンドレイ・セミョーノヴィチ
　じゃあ、やめなさい。
　じゃあ、やめなさい。
　じゃあ、やめなさい。
数学者
　そう、戻さないぞ！
　そう、戻さないぞ！
　そう、戻さないぞ！
アンドレイ・セミョーノヴィチ
　それでいいよ。

それでいいよ。
それでいいよ。
数学者
私の勝ちだ！
私の勝ちだ！
私の勝ちだ！
アンドレイ・セミョーノヴィチ
よしよし、勝ったね。これで満足でしょ。
数学者
満足なんかしてない！
満足なんかしてない！
満足なんかしてない！
アンドレイ・セミョーノヴィチ
あんたは数学者だけど、正直言って、頭悪いね。
数学者

悪くないよ、いろんなことを知ってるし！
悪くないよ、いろんなことを知ってるし！
悪くないよ、いろんなことを知ってるし！

アンドレイ・セミョーノヴィチ

全部ばかげたことばっかりでしょ。

数学者

ばかげたことじゃないぞ！
ばかげたことじゃないぞ！
ばかげたことじゃないぞ！

アンドレイ・セミョーノヴィチ

あんたと言い合うのはうんざりだ。

数学者

うんざりじゃない！
うんざりじゃない！
うんざりじゃない！

（アンドレイ・セミョーノヴィチは、もうたくさんというように手を振って、立ち去る。数学者はしばらくそのまま立ち続け、アンドレイ・セミョーノヴィチの後を追う）

幕

Математик и Андрей Семенович（1933）

門番を驚かせた若い男

「なんとまあ！」と門番は、蠅を見ながら言った。「接着剤を塗ったら、こいつはイチコロだろうな。なんてこった！　接着剤ごときで！」

「おい、老いぼれ！」黄色い手袋をはめた若い男が、門番に向かって大声で言った。

門番は自分のことだとすぐにわかったが、かまわず蠅を見続けた。

「お前だよ、聞こえないのか？」と若い男は叫んだ。「のろま牛め！」

門番は指で蠅を押しつぶし、若い男の方に顔を向けもしないで言った。

「何をわめいてるんだ、げす野郎。ちゃんと聞こえてる。わめくなよ！」

若い男は手袋でズボンのほこりを払い、繊細な声で尋ねた。

「おじいさん、教えていただけませんか。ここから天に行くにはどうすればいいでしょう？」

門番は若い男の方を見た。まず片方の目を細め、それからもう一方の目を細め、あごひげをしごき、もう一度若い男の方を見てから言った。

「ここで立ち止まってはだめです、さあ行って行って」

「すみません」と若い男は言った。「でも急ぎの用事があるんです。あちらにぼくの部屋がもう用意してあるんです」

「仕方ないな」と門番は言った。「入場券を見せなさい」

「入場券はぼくの手元にはないんです。彼らが、行けば入れてくれると言ったものですから」と若い男は、門番の顔をのぞき込んで言った。

「なんてこった」と門番は言った。

「それで？」と若い男は言った。「入れてくれますよね？」

「わかった、わかった」と門番は言った。「行きなさい」

「どうやって行けばいいんですかね？　それにどこへ？」と若い男は尋ねた。「ぼくは道を知らないんですよ」

「どこへ行きたいんですか？」と門番は険しい顔つきで尋ねた。

若い男は手で口元をおおい、とても小さな声で言った。

「天です！」

門番は少し前かがみになり、より安定した姿勢で立つために右足を動かし、若い男の顔をまともにじっと見つめてから、厳しい口調で尋ねた。

「何を言ってるんだ？　わしを馬鹿にしているのか？」

若い男はにっこりして、黄色い手袋をはめた手を頭の上に挙げて振り、突然姿を消した。門番はあたりの空気のにおいをクンクンかいだ。空気中には焼けた羽根のにおいが漂っていた。

「なんてこった」と門番は言って上着の前を開け、腹を掻いて、若い男が立っていた場所につばを吐き、ゆっくりと番小屋の方へ行った。

Молодой человек, удививший сторожа（成立年不詳）

心の準備のできていない人が突然新しい考えに出会ったときに
どうなるかを示す四つの例

作家 「私は作家だ」
読者 「私の考えでは、あんたはくそったれだ」
(作家は何分間か立ちつくし、この新しい考えに衝撃を受けて、死人のようにパタンと倒れる。作家は運び出される)
画家 「私は画家だ!」
労働者 「わしの考えでは、あんたはくそったれだ!」
(画家はキャンバスのように蒼白になり、葦のようにふらふら揺れて、頓死する。画家は運び出される)
作曲家 「私は作曲家だ!」
ヴァーニャ・ルブリョフ 「おれの考えでは、あんたはくそったれだ!」

（作曲家は重苦しく息をして、へなへなとくずおれる。作曲家はすぐに運び出される）
化学者　「私は化学者だ！」
物理学者　「私の考えでは、あんたはくそったれだ！」
（化学者は一言も言わず、ばったり倒れる）

Четыре иллюстрации того, как новая идея огорашивает человека,
к ней не подготовленного（1933）

失くし物

アンドレイ・アンドレーエヴィチ・ミャーソフは市場でランプの芯を買って、家に持って帰ろうとした。

　途中でアンドレイ・アンドレーエヴィチはこの芯を失くしてしまい、一軒の店に立ち寄って、ソーセージを百五十グラム買った。その後でアンドレイ・アンドレーエヴィチは牛乳屋に立ち寄って、ケフィールを一瓶買い、それからキオスクでクワスを小ジョッキで一杯飲み、新聞を買おうと行列に並んだ。行列はかなり長く、アンドレイ・アンドレーエヴィチはたっぷり二十分並んでいた。ちょうど彼の番になったところで、新聞は売り切れになってしまった。

　アンドレイ・アンドレーエヴィチはどうしていいかわからず、しばらくその場にぼうっと突っ立っていたが、家に帰ることにした。けれどもその途中で彼はケフィールを失くしてしまい、パン屋に寄り道して、フランス風のパンを買ったが、そのときにソーセージを失くしてしまった。

それからアンドレイ・アンドレーエヴィチはまっすぐ家に帰ろうとしたが、その途中で転んでフランス風のパンを失くし、鼻眼鏡をこわしてしまった。

アンドレイ・アンドレーエヴィチは腹立たしい思いで家に帰り着き、すぐにベッドに入って寝ようとしたが、長い間眠ることができなかった。ようやく眠りについたとき、彼は夢を見た。夢の中で彼は歯ブラシを失くし、ろうそく立てで歯を磨いていた。

Потери（成立年不詳）

マカーロフとペーテルセン　No.3

マカーロフ「この本には、私たちの欲望とそれを満たすことについて書いてある。この本を読みなさい。そうすれば私たちの欲望がいかに空しいものかがわかるだろう。他人の欲望を満たすことがいかにたやすいか、自分の欲望を満たすことがいかに難しいかがわかるだろう」
ペーテルセン「なんだか知らないけど、えらく厳かな口調だな。インディアンの首領みたいだ」
マカーロフ「この本について語るときは崇高な口調にならないといけないのだ。この本のことを考えるだけでも、帽子を脱ぎたくなるくらいだ」
ペーテルセン「この本に触るときは、手を洗うのか？」
マカーロフ「そうだ、手を洗わないといけないのだ」

ペーテルセン「それじゃあ、念のために足も洗うんだな！」
マカーロフ「そんな言い方はしゃれにもならないし、無礼だ」
ペーテルセン「いったい何の本なんだ？」
マカーロフ「この本のタイトルは謎めいている……」
ペーテルセン「ヒヒヒ！」
マカーロフ「この本のタイトルは『マルギル』だ」
（ペーテルセンは姿を消す）
マカーロフ「なんということだ！　何が起きたんだ？　ペーテルセン！」
ペーテルセンの声「どうしたんだろう？　マカーロフ！　おれはどこにいるんだ？」
マカーロフ「どこだ？　姿が見えないぞ！」
ペーテルセンの声「で、お前はどこにいるんだ？　おれにもお前の姿が見えないぞ！――この玉は何だ？」
マカーロフ「どうしたらいいんだろう。ペーテルセン、私の声が聞こえるか？」
ペーテルセンの声「聞こえるよ！　でも何が起きたんだろう。それにこの玉は何だ？」
マカーロフ「動けるか？」

ペーテルセンの声「マカーロフ！　この玉が見えるか？」
マカーロフ「どの玉だ？」
ペーテルセンの声「やめてくれ！　やめて、やめてくれ！　マカーロフ！」
（沈黙。マカーロフは恐怖のあまり茫然とたたずんでいる。それから本をひっつかんで開く）
マカーロフ（本を読む）「人間はしだいに形を失い、玉になる。そして、玉になると人間はその欲望をすべて失う」
幕

Макаров и Петерсен № 3（成立年不詳）

リンチ

ペトロフは馬にまたがり、群衆に向かって演説をした。公園のある場所にアメリカ風の摩天楼を建てたらどうかというのだ。群衆は耳を傾け、彼の意見に賛成しているようだった。ペトロフは手帳に何か書き込んだ。すると群衆の中から中背の男が出てきて、手帳に何を書いたのかとペトロフに尋ねた。ペトロフは個人的なことだと答えた。中背の男はくいさがった。売り言葉に買い言葉で、けんかになった。群衆は中背の男の味方についた。ペトロフは身を守るために馬に拍車をかけ、角を曲がっていなくなった。群衆は興奮し、他にいけにえがいなかったので、中背の男につかみかかり、頭をもぎとった。もぎとられた頭は道路をころがって、マンホールにひっかかった。群衆は興奮のはけ口があったことに満足して、散っていった。

Суд Линча（成立年不詳）

出会い

あるときある人が仕事に出かけて、その途中でもうひとりの人に出会った。その人はポーランド風のパンをひとつ買って、家に帰るところだった。
結局、それだけのことだ。

Встреча（成立年不詳）

失敗に終わった上演

舞台にペトラコフ＝ゴルブノフが登場し、何か言おうとするが、しゃっくりをする。彼は吐き始める。退場。

プリティキン登場。

プリティキン「ペトラコフ＝ゴルブノフ氏が告げ……」（吐き気を催し、退場）

マカーロフ登場。

マカーロフ「エゴールは……」（マカーロフは吐き気を催し、退場）

セルプホフ登場。

セルプホフ「東西、とーざ……」（彼は吐き気を催し、退場）

クーロヴァ登場。

クーロヴァ「わたくしは……」（彼女は吐き気を催し、退場）

小さな女の子が登場する。

小さな女の子「パパの頼みで、みなさんに劇場が閉鎖になったとお伝えすることになりました。みんな吐き気がするからです！」

幕

Неудачный спектакль（1934）

ポン！

夏。書き物机。右手にドア。壁に絵が掛かっている。絵に描かれているのは馬で、歯でがっちりとロマの男をくわえている。オリガ・ペトローヴナが薪を割っている。割るたびにオリガ・ペトローヴナの鼻眼鏡がずり落ちる。エヴドキム・オシポヴィチは肘掛け椅子にすわって煙草を吸っている。

オリガ・ペトローヴナ　（斧で薪を割ろうとするが、薪はまったく割れない）
エヴドキム・オシポヴィチ　「ポン！」
オリガ・ペトローヴナ　（眼鏡を押し上げて、薪を割ろうとする）
エヴドキム・オシポヴィチ　「ポン！」
オリガ・ペトローヴナ　（眼鏡を押し上げて、薪を割ろうとする）

エヴドキム・オシポヴィチ　「ポン！」
オリガ・ペトローヴナ　（眼鏡を押し上げて、薪を割ろうとする）
エヴドキム・オシポヴィチ　「ポン！」
オリガ・ペトローヴナ　（眼鏡を押し上げる）「エヴドキム・オシポヴィチ！　お願いですから、そのポンって言葉を口にするのをやめてくださいな」
エヴドキム・オシポヴィチ　「わかった、わかった」
オリガ・ペトローヴナ　（斧で薪を割ろうとする）
エヴドキム・オシポヴィチ　「ポン！」
オリガ・ペトローヴナ　（眼鏡を押し上げる）「エヴドキム・オシポヴィチ！　そのポンって言うのをやめるって約束してくださったじゃありませんか！」
エヴドキム・オシポヴィチ　「わかった、わかった、オリガ・ペトローヴナ。もう言わないよ」
オリガ・ペトローヴナ　（斧で薪を割ろうとする）
エヴドキム・オシポヴィチ　「ポン！」
オリガ・ペトローヴナ　（眼鏡を押し上げる）「ひどいわ！　いい歳をした大人が、ごく簡単なひとの頼みを聞けないなんて」
エヴドキム・オシポヴィチ　「オリガ・ペトローヴナ！　いいから仕事を続けなさいよ。わしはもうあんたの邪魔はしないから」
オリガ・ペトローヴナ　「お願い、本当にお願いですから、この薪だけはここで割らせてくださいな」
エヴドキム・オシポヴィチ　「どうぞ、どうぞ、お割りなさい」
オリガ・ペトローヴナ　（斧で薪を割ろうとする）
エヴドキム・オシポヴィチ　「ポン！」

オリガ・ペトローヴナは斧を下ろし、口を開くが、言葉が出てこない。エヴドキム・オシポヴィチは肘掛け椅子から立ち上がって、オリガ・ペトローヴナを頭のてっぺんからつま先までじろじろ眺め、ゆっくりと出ていく。オリガ・ペトローヴナは口をぽかんと開けたまま、身じろぎだにしないで立ち尽くし、エヴドキム・オシポヴィチの後姿を見送る。

ゆっくりと幕が下りる。

Ток!（1933）

最近、店で売られているもの

カラティギンがティカケエフの家へ行ったが、ティカケエフには会えなかった。ティカケエフはちょうど買い物に出かけていたのである。彼は店で砂糖と肉ときゅうりを買った。

カラティギンは玄関先でうじうじと待っていたが、メモでも残して帰ろうと思った矢先、ティカケエフが手に袋を提げて帰ってくるのが見えた。

カラティギンはティカケエフの姿を見て、大声で言った。

「もう一時間もお待ちしていたんですよ！」

「そんなことはないでしょう」と、ティカケエフは言った。「二十五分前に出かけたばかりなんだから」

「さあ、どうでしょうか」と、カラティギンは言った。「私は一時間お待ちしたんですけどね」

「嘘はつかないでください」と、ティカケエフは言った。「嘘をつくなんて、恥ずかしいことですぞ！」

「ねえ、先生」と、カラティギンは言った。「言葉は選んでお使いになった方がいいですよ」

「私が言いたいのは……」と、ティカケエフは言いかけたが、それをカラティギンがさえぎって言った。

「あなたが言いたいのは……」と、カラティギンが言いかけたところを、今度はティカケエフがさえぎって言った。

「食えないお方ですなぁ」

この一言がカラティギンを激怒させ、彼は怒りのあまり片方の鼻の穴を指で押さえて、ティカケエフに向かってフンッと鼻水を飛ばした。

ティカケエフは袋から一番大きなきゅうりをさっと取り出し、そのきゅうりでカラティギンの頭を殴った。

カラティギンは両手で頭を押さえて倒れ、死んでしまった。

こんなにも大きなきゅうりを、最近の店では売っているのだ！

Что теперь продают в магазинах（1936）

マシキンはコシキンを殺した

同志コシキンが同志マシキンの回りをぐるぐる踊った。

同志マシキンは同志コシキンの動きを目で追った。

同志コシキンは馬鹿にするように手を振り、脚をいやらしくくねらせた。

同志マシキンは眉をひそめた。

同志コシキンは腹を動かして、右足で床をトンと蹴った。

同志マシキンは突然叫んで、同志コシキンに飛びかかった。

同志コシキンは逃げようとした。けれどもつまずいて、同志マシキンにつかまってしまった。

同志マシキンはげんこつで同志コシキンを殴った。

同志コシキンは悲鳴を上げて、四つん這いになった。

同志マシキンは足で同志コシキンの腹を蹴り、もう一度げんこつで後頭部を殴った。

同志コシキンは床に倒れて、死んだ。
マシキンはコシキンを殺した。

Машкин убил Кошкина（成立年不詳）

夢が人間をからかう

マルコフはブーツを脱ぎ、深々とため息をついてソファに横になった。

彼は眠ろうと思った。けれども、彼が目を閉じたとき、眠りたいという欲望があっと言う間に消えてしまった。マルコフは目を開けて、本の方に手を伸ばした。が、夢がまた彼に襲いかかって、手が本に触れる前にマルコフは再び横になり、目を閉じた。だが、目を閉じたとたんに、夢はまた飛び去ってしまった。意識があまりにもはっきりしてきて、マルコフは代数の二次方程式の問題が暗算で解けるくらいだった。

長い間マルコフはどうすればいいのかわからなくて苦しんだ。起きるべきか、寝るべきか。結局へとへとになって、自分のことと部屋のことで憤怒に燃えながら、マルコフはオーバーを着て帽子をかぶり、ステッキを手にとって通りに出た。さわやかな風がマルコフの気をしずめた。マルコフの心はいくぶんウキウキしてきた。それで彼は部屋に戻ろうと思った。

部屋に戻ったとき、彼は自分の身体が心地よく疲労しているのを感じ始め、眠りたくなった。けれども、ソファに横になって目を閉じたとたん、夢が一瞬のうちに蒸発してしまった。憤慨してマルコフはソファから飛び起き、オーバーも帽子も着けないままタヴリーチェスキー公園の方へ駆け出した。

Сон дразнит человека（1936–1938）

狩人

狩りに六人で出かけたが、帰ってきたのは四人だけだった。

二人は帰ってこなかった。

オクノフ、コズロフ、ストリュチコフ、モティリコフの四人は無事に帰ってきた。けれどもシローコフとカブルコフは狩りで命を落としてしまったのだ。

オクノフは悲しい気持ちで一日中あてもなく歩き回り、誰とも口をきかなかった。コズロフはオクノフの後をしつこく追いかけ回し、あれこれうるさく尋ねた。そのためオクノフはかんしゃくを爆発させてしまった。

コズロフ「煙草、吸うかい?」

オクノフ「いいや」

コズロフ「あそこのあれを持ってきてほしいかい?」

オクノフ「いいや」
コズロフ「ひょっとして、笑い話が聞きたいかい？」
オクノフ「いいや」
コズロフ「何か飲みたいかい？　コニャック入りの紅茶があるけど」
オクノフ「お前の後頭部を石で殴りつけてやったが、それだけでは足りないくらいだ。今度は脚をもぎとってやるぞ」
ストリュチコフとモティリコフ「なんだ、なんだ？」
コズロフ「立ち上がるのに手を貸してくれ」
モティリコフ「心配するな。傷はすぐに治るよ」
コズロフ「オクノフはどこへ行った？」
オクノフ（コズロフの脚をもぎとりながら）「ここだ、近くにいるぞ！」
コズロフ「ぎゃあ、おかあさん！　てゃーすーけーてぇ！」
ストリュチコフとモティリコフ「脚をもぎとったのか！」
オクノフ「もぎとって、向こうに投げ捨ててやった！」
ストリュチコフ「悪しき業なり」

オクノフ「えぇえ？」
ストリュチコフ「……わざなり……」
オクノフ「なにぃ？」
ストリュチコフ「な、な、なにも」
コズロフ「家にどうやって帰ればいいんだ？」
モティリコフ「心配するな。脚に木をくくりつけてやるよ」
ストリュチコフ「片脚で立てるか？」
コズロフ「うん、なんとか。でもちゃんとは立てない」
ストリュチコフ「じゃあ、おれたちが支えてやるよ」
オクノフ「あいつのそばに行かせてくれ！」
ストリュチコフ「いや、行かない方がいい！」
オクノフ「いや、行かせてくれ！　行かせてくれ！　行かせ……　おれはこうしてやりたかったんだよ！」
ストリュチコフとモティリコフ「なんて恐ろしい！」
オクノフ「ハ、ハ、ハ！」

モティリコフ「で、コズロフはどこだ？」
ストリュチコフ「藪の中に逃げ込んだ」
モティリコフ「コズロフ、そこにいるのかい？」
コズロフ「シューシュー……」
モティリコフ「とうとうそこまで来てしまったか！」
ストリュチコフ「どうする？」
モティリコフ「もうどうしようもないな。おれの考えでは、首をしめるしかないんじゃないかな。コズロフ！　コズロフ！　聞こえるか？」
コズロフ「ああ、聞こえるけど、あまりよく聞こえない」
モティリコフ「おい兄弟、心配するな。お前の首を今からしめてやるからな。ちょっと待て。ほれ、ほれ、ほれ……」
ストリュチコフ「ここをもうちょっと。そら、そら、そら！　もうちょっと……　さあ、これでよし！」
モティリコフ「これでよし！」
オクノフ「神のお恵みを！」

Охотники（1933）

歴史上のエピソード

V・N・ペトロフのために

イヴァン・イヴァノヴィチ・スサーニン（ツァーリのためにその命を捧げ、後世グリンカのオペラで称えられた歴史上の人物）はあるときロシアの旅籠屋に立ち寄り、テーブルについてアントルコートを注文した。主人がアントルコートを調理している間、イヴァン・イヴァノヴィチはあごひげの先を歯でかみ、もの思いにふけった。それが習慣になっていたのだ。三十五寸ほどの時間が経ったとき、主人はイヴァン・イヴァノヴィチのところに、丸い形の木の板の上にアントルコートをのせて運んできた。イヴァン・イヴァノヴィチは腹がすいていた。彼は当時の風習通り、両手でアントルコートをつかんで食べ始めた。しかし、空腹を満たそうと急ぐあまり、イヴァン・イヴァノヴィチはアントルコートをガツガツと食べ始めるときに、口からひげを出すのを忘れていた。それでアントルコートをひげの一部と一緒に食べてしまった。

ここで不愉快な事態が生じてしまう。と言うのも、十五寸ほどの時間が経つか経たないかのうちに、イヴァン・イヴァノヴィチの腹がひどく差し込み始めたからである。イヴァン・イヴァノヴィチはテーブルから急いで立ち上がり、裏庭に走り出た。主人がイヴァン・イヴァノヴィチに向かって大声で言った。「見よ、いかにちぐはぐなあごひげか！」しかしイヴァン・イヴァノヴィチはすべてを無視して、庭に飛び出した。

旅籠の一隅にすわって薄いビールを飲んでいたボヤールのコヴシェグプは、こぶしでテーブルをたたき、大声を上げた。「あれは誰じゃ？」主人は深々とお辞儀をして、ボヤールに答えた。「我らが愛国者イヴァン・イヴァノヴィチ・スサーニンでござりまする」「さようか！」とボヤールは言って、薄いビールを飲み干した。

「魚はいかがでござりまするか？」と主人が尋ねた。「ぱか野郎、うせろ！」とボヤールは叫んで、主人めがけて柄杓《ひしゃく》を投げた。柄杓は主人の頭の横をビュンとかすめて、窓から裏庭に飛んで出た。そして、鷲のような威厳をもってしゃがみ込んでいるイヴァン・イヴァノヴィチの歯にぶつかった。イヴァン・イヴァノヴィチは手でほおを押えて横に倒れた。

そのとき、納屋の右手からカルプがころがり出て、汚物にまみれた豚がいる桶を飛び越し、叫びながら裏庭の門の方へ走っていった。旅籠から主人が顔を覗かせた。「何を騒いでるんだ?」と主人はカルプに尋ねた。カルプはそれに答えず、逃げていった。

主人は裏庭に出てきて、ピクリともせず地面に横たわっているスサーニンを見た。主人は近寄って彼の顔を覗き込んだ。スサーニンは鋭い目つきで主人を見返した。「まだ生きてるか?」と主人は尋ねた。「生きてる。でも、また何かがぶつかるんじゃないかと思って怖いんだ」とスサーニンは言った。「いや」と主人は言った。「怖がりなさんな。ボヤールのコヴシェグプがお前さんを殺しかけたんじゃ。だが、奴はもう行ってしまった」「やれ、ありがたや!」とイヴァン・スサーニンは立ち上がりながら言った。「わしは勇敢な人間じゃが、命を無駄にしたくはないからな。それでこれから何が起きるのか、地面に伏せて待っておったのじゃ。いざとなれば匍匐前進でエルディリン村まで行くつもりじゃった……。ほおがこんなに腫れてしまった。なんてことじゃ!　ひげも半分なくなってしまった!」「もう前からそうだったでな」と主人は言った。「もう前からじゃと!」と愛国者スサーニンは叫んだ。「わしはちぐはぐなひげでうろついていたと言うのか?」「うろついておった」と主人は言った。「このおたんちんかぼちゃ」とイヴァン・スサーニンは言った。主人は目をぎゅっとつむってこぶしを振り上げ、スサーニンの耳元を力まかせにぶん殴った。愛国者スサーニンは地面に倒れ、じっと動かなくなった。「思い知ったか！　おたんちんかぼちゃはお前の方だ！」と主人は言って、旅籠屋に戻っていった。しばらくの間、スサーニンは地面に横たわったままで耳をすませていた。けれども、何も怪しい物音はしなかったので、用心深く頭を上げてあたりを見回した。桶から落っこちて汚い水たまりの中にいる豚を勘定に入れなければ、裏庭には誰もいなかった。イヴァン・スサーニンはあたりをうかがいながら門の方ににじり寄った。運のいいことに、門は開いていた。愛国者イヴァン・スサーニンは青虫のようにうねうねと地面を匍匐前進しながらエルディリン村の方へ向かった。

　これがツァーリのためにその命を捧げ、後世グリンカのオペラで称えられた、かの有名な歴史的人物の生涯を語るエピソードのひとつである。

Исторический эпизод（1939）

フェージャ・ダヴィドーヴィチ

フェージャはしばらく前からバター入れの近くをうろうろしていた。そしてとうとう、彼の妻が足の爪を切ろうとかがみ込んだそのチャンスをとらえて、バター入れにあったバターをさっと指ですくい取り、口の中に入れた。バター入れのふたを閉めるときに、フェージャはうっかり音を立ててしまった。妻はすぐに顔を上げ、からっぽのバター入れを目にして、爪切りでバター入れを指しながら厳しい口調で言った。

「バター入れにバターがないわ。どこにやったの?」

フェージャは驚いたような目つきをして、首を伸ばしながらバター入れをのぞきこんだ。

「バターはあんたの口の中ね」と妻が、爪切りでフェージャを指しながら言った。

フェージャはそんなことはないというふうに首を振った。

「ははーん」と妻は言った。「黙って首を振ったわね。口の中がバターでいっぱいだからよね」

フェージャは目をぱちくりさせて、妻の方に向かって、全然そうじゃないというふうに手を振った。しかし妻は言った。

「嘘つき。口を開けてみなさいよ」

「むー」とフェージャは言った。

フェージャは手の指を広げて、あたかも「あ、そうだ、すっかり忘れてた。すぐに戻るから」とでも言っているかのように、むーむー唸って立ち上がり、部屋を出ようとした。

「待ちなさいよ」と妻が叫んだ。

けれどもフェージャは歩調を早め、ドアの向こうに姿を消した。妻は彼に飛びかかろうとしたが、ドアのところで立ち止まった。と言うのも彼女は裸だったからで、そんな格好では、アパートの住人たちが歩き回っている廊下に出るわけにはいかなかったからである。

「行っちゃった」と、妻はソファに腰を下ろしながら言った。「げす野郎！」

フェージャは廊下を歩いて、「立ち入り厳禁」と書いてあるドアのところまで行き、ドアを開けて部屋の中に入っていった。

フェージャが入っていった部屋は細長くて、新聞紙をカーテン代わりにした窓がついていた。右手の壁際には汚くてこわれた簡易ベッドがあり、窓際には、ナイトテーブルと椅子の背もたれに板を渡してこしらえたテーブルがあった。左手の壁際には作りつけの棚が二段あり、そこにはわけのわからない物が置いてあった。その他には何もなかった。簡易ベッドに横たわっている、顔色が悪くて緑色っぽく見える男を除けば、の話だが。その男は丈が長くてぼろぼろの、茶色いフロックコートを着ていて、黒い厚地の木綿でできたズボンをはいていた。ズボンの裾からは清潔に洗った素足が突き出ていた。この男は眠ってはおらず、闖入者をじろじろと見た。

フェージャは片足を後ろに引きながらお辞儀をし、指で口からバターを取り出して、横になっている男に見せた。

「一ルーブル半」と部屋の主は、姿勢を変えずに言った。

「ちょっと安いですね」とフェージャは言った。

「十分だ」と部屋の主は言った。

「まあいいでしょう」とフェージャは言って、バターを指から取って棚の上に載せた。

「金は明日の朝渡す」と部屋の主は言った。

「なんですって」とフェージャは叫んだ。「お金は今すぐいるんです。たったの一ルーブル半じゃありませんか」
「出ていけ」と部屋の主は冷たく言った。フェージャはつま先立ちで部屋から出ていき、後ろ手にそっとドアを閉めた。

Федя Давидович（1939）

プーシキンについてのエピソード

一

プーシキンは詩人で、いつも何かしら書いていた。あるとき、ジュコフスキーがプーシキンを訪ねると、彼はちょうど執筆中だった。ジュコフスキーは大声で叫んだ。「あんたはもの書きだったのか！」

そのとき以来プーシキンはジュコフスキーが大好きになり、親しみを込めてジューコフと呼ぶようになった。

二

よく知られているように、プーシキンにはひげが生えなかった。プーシキンはそれでとても悩んで、いつもザハーリインのことをうらやましく思っていた。ザハーリインには逆にひげがしっかりと生えていたからである。「彼には生えるのに、ぼくには生えない」と、プーシキンはザハーリインを爪で指しながら、よく言ったものだった。確かにいつもプーシキンの言うとおりだった。

三

あるときペトルシェフスキーは時計をこわしてしまい、プーシキンを呼びに使いを出した。プーシキンがやって来て、ペトルシェフスキーの時計を見てから、それを椅子の上に置いた。「どう思う、兄弟」とペトルシェフスキーが尋ねた。「エンジン停止」とプーシキンは言った。

四

プーシキンが脚を折ったとき、動き回るのに台車を使い始めた。友人たちはプーシキンをからかってうれしがり、プーシキンの乗った台車をつかんだ。プーシキンは腹を立てて、友人を罵倒する詩を書いた。この詩をプーシキンは「エルピガルム」と名づけた。

五

一八二九年の夏をプーシキンは村で過ごした。彼は朝早く起きて、陶製のジョッキでしぼりたてのミルクを飲み、川へ泳ぎに行った。泳いだ後は草の上に横になり、昼まで寝た。昼食の後、プーシキンはハンモックで寝た。くさい臭いをぷんぷんさせている農民たちに出会うと、プーシキンは会釈して、指で鼻を押さえた。くさい臭いをぷんぷんさせている農民たちは帽子を脱いで言った。「なに、大丈夫でごぜぇますだよ」

六

プーシキンは石を投げるのが好きだった。石を見るとすぐに投げ始めた。ときどき、興奮のあまり顔が真っ赤になって、立ったまま手を振り回し、石を投げた。それはもう、ものすごかった！

七

プーシキンには息子が四人いた。みんな馬鹿だった。ひとりは椅子にすわることさえできず、落ちてばかりいた。実のところ、プーシキン自身もうまく椅子にすわれなかった。ときにはおかしくてたまらない状況になった。みんなが食卓に着くと、片方の端でプーシキンが椅子から落ち、もう片方の端では息子が椅子から落ちたのである。まったく抱腹絶倒だった！

Анекдоты из жизни Пушкина（1939）

とても気持ちのいい夏の日の始まり（交響曲）

雄鶏が時を告げるや否や、ティモフェイが窓から屋根に飛び出して、この時刻にもう通りを歩いていた人々を驚かせた。農夫のハリトンは立ち止まり、石を拾ってティモフェイに投げつけた。ティモフェイはどこかへ姿を消した。「なんて抜け目のない奴だ！」と群衆は叫んだ。ズーボフとかいう男は、助走して勢いよく頭を壁にぶつけた。「あれまあ！」と歯槽膿漏のおばさんが叫んだ。コマロフはこのおばさんにビシバシしたので、おばさんは悲鳴を上げながら中庭に逃げ込んだ。フェテリュシンが通りかかって、ニタニタ笑った。フェテリュシンのところにコマロフが近づいて、「よう、デブ！」と言い、フェテリュシンの腹をたたいた。フェテリュシンは壁に寄りかかり、しゃっくりし始めた。ロマシキンは窓から下に向かってつばを吐き、フェテリュシンに命中させようとした。その近くでは、鼻の大きな女が桶で子どもを殴りつけていた。ひとりの若くて丸々とした母親が、かわいい女の子の顔を煉瓦の壁にこすりつけていた。小さな犬が細い脚を折って、歩道の上に横たわっていた。小さな男の子が痰壺に入った汚らしいものを食べていた。食料雑貨店の前には、砂糖を買おうとする人たちが長い行列を作っていた。女たちは大声でののしりながら、手さげで押し合いへし合いしていた。農夫のハリトンは安酒を飲み、ズボンのボタンをはずして女たちの前に立ち、口汚い言葉を吐いた。

こんなふうにして、気持ちのいい夏の日が始まった。

Начало очень хорошего летнего дня. Симфония (1939)

パーキンとラクーキン

「おいお前、そんなに御託を並べるなよ」とパーキンがラクーキンに言った。

ラクーキンは鼻にしわを寄せて、パーキンのことを嫌な目つきで見た。

「何見てんだよ。おれのことがわからないってのか?」とパーキンが言った。

ラクーキンは唇をもぐもぐさせ、怒って回転椅子をぐるっと回して、よその方を向いた。

パーキンはひざを指でトントンとたたいて言った。

「馬鹿な野郎だ! 木の棒で後頭部を殴ってやりたいくらいだ」

ラクーキンは立ち上がって部屋から出ていこうとした。けれどもパーキンはさっと飛び上がってラクーキンを追いかけ、言った。

「待てよ。そんなに急いでどこへ行く? まあすわれよ、いいものを見せてやるから」

ラクーキンは立ち止まり、疑い深そうな目つきでパーキンを見た。

「信用できないってのか？」とパーキンは尋ねた。
「信用してるよ」とラクーキンが言った。
「じゃあ、この椅子にすわれよ」とパーキンが言った。
ラクーキンは再び回転椅子に腰を下ろした。
「なんだよ」とパーキンは言った。「なんで馬鹿みたいに椅子にすわってるんだよ」
ラクーキンは足を少し動かして、目をぱちぱちさせた。
「目をぱちぱちさせるんじゃないよ」とパーキンが言った。
ラクーキンはまばたきするのをやめ、体をかがめて首をすくめた。
「まっすぐすわれよ」とパーキンが言った。
ラクーキンはかがんだまますわり、腹を突き出して首を伸ばした。
「ええい」とパーキンは言った。「顔面に一発お見舞いしてやりたいくらいだ！」
ラクーキンはしゃっくりをして頬をふくらませ、そっと鼻から息を吐いた。
「おいお前、御託を並べるなよ！」とパーキンがラクーキンに言った。
ラクーキンは首をさらに伸ばし、ものすごいスピードで目をぱちぱちさせた。
パーキンは言った。

「なあラクーキン、お前が目をぱちぱちさせるのをやめないのなら、足で胸を蹴ってやるぞ」

ラクーキンはまばたきしないようあごを歪めて、首をますます伸ばして頭をのけぞらせた。

「ゲーッ、なんて情けない格好だろう」とパーキンは言った。「しかめっ面がまるで鶏のよう、首は青くて、気持ち悪いったらありゃしない!」

このときラクーキンの頭はどんどん後ろへのけぞっていき、ついには緊張感を失ってガクリと背中側に倒れた。

「なんてこった!」とパーキンは叫んだ。「またいったい何をやらかしてるんだ?」

パーキンの方からラクーキンを見ると、頭の全然ないラクーキンがすわっているように見えた。ラクーキンののどぼとけが上に向かって突き出しており、無意識のうちに鼻と勘違いしてしまいそうだった。

「おい、ラクーキン!」とパーキンが言った。

ラクーキンは黙ったままだった。

「ラクーキン!」とパーキンは繰り返した。

ラクーキンは答えず、身じろぎひとつしないですわったままだった。

「そうか」とパーキンが言った。「ラクーキンはくたばっちまったらしいな」

パーキンは十字を切り、つま先立ちで部屋から出ていった。

およそ十四分後にラクーキンの体から小さな魂が這い出てきて、さっきまでパーキンがすわっていたところを憎々しげに見つめた。たんすの後ろから死の天使が背の高い姿で現れ、ラクーキンの魂の手を取って、家々や壁を通り抜けてどこかへ連れていった。ラクーキンの魂は死の天使の後についてちょこちょこ歩きながら、憎々しげに何度も振り返った。それから死の天使は足を速めたので、ラクーキンの魂はぴょんぴょんはねたりつまずいたりしながら、遠くの角の向こうに消えていった。

Пакин и Ракукин（1939）

不条理文学の先駆者ダニイル・ハルムス

ロシア文学は日本ではかなりポピュラーである。文学に多少なりとも興味のある人なら誰でもドストエフスキー、ツルゲーネフ、ゴーゴリ、トルストイといった名前を即座に挙げることができるだろう。ロシア文学と聞いてすぐに思い浮かぶこれらの名前は、よく見るとすべて十九世紀の作家のものである。日本でも有名なロシアの作家を年代順に並べたリストを締めくくるのはおそらくチェーホフだろうが、一九〇四年に亡くなった彼もまた、基本的には十九世紀に生きた作家である。

チェーホフ以後のロシア文学にもすぐれた作家は何人もいるのだが、日本ではまだほとんど知られていない。何しろ、ロシア本国ですらゴルバチョフがペレストロイカを始めた一九八五年以降になってようやく、そのような作家の存在が一般読者にもだんだん知られてくるようになったくらいなのだから。何十年もの間、ロシア（もちろん当時はソ連と呼ばれていた）ではそのような作家の名前を口にすることさえできなかった。彼らの作品は徹底的に禁止され、処分され、人々の目に触れないような措置が取られていたのである。

そのような作家のひとりがダニイル・ハルムス Даниил Хармс（本名ダニイル・イヴァノヴィチ・ユヴァチョフ Даниил Иванович Ювачев）である。ハルムスは一九〇五年にペテルブルクの中流家庭に生まれた。彼の子ども時代はごく平凡なもので、最終的には大学教育を受けるべく、私立のドイツ学校に通っていた。当時、教養のある親は子どもにドイツ語で教育を受けさせるのが普通だったからである。ところが十二歳のときにロシア革命が起きて、それ以降まともな学校教育を受けることができなくなってしまい、ハルムスの人生の軌道は大きくずれてしまう。一九二〇年代、二十歳前後のハルムスは未来派の影響のもとで創作活動を始める。未来派は前衛的な芸術運動で、それまでの伝統をラディカルに断ち切り、新しい表現手段を模索して、人々を挑発した。未来派に属するロシアの芸術家としては、ヴラジーミル・マヤコフスキーやヴェリミル・フレーブニコフが有名である。革命後の混乱と飢餓の中で一九二二年に亡くなった天才詩人フレーブニコフの作品は、若いハルムスに大きな影響を与えた。フレーブニコフは放浪生活を送った時期もあるほど、およそ市民的な基準からはずれた人物で、カリスマ的な芸術家だった。彼は「ザーウミ（заумь）」と呼ばれる実験的な詩的言語を考案したが、これは音が意味を直接表現する言葉とされ、したがって翻訳しなくてもすべての人に理解可能である（はずの）言葉だった。初期のハルムスの作品には、この「ザーウミ」の影響が見られる。

文学活動を始めた一九二〇年代の半ば、ハルムスは未来派の流れを受け継いださまざまなグループに参加した。一九二七年、彼は詩人アレクサンドル・ヴヴェジェンスキーをはじめとする何人かの友人とともにオベリウ・グループ（オベリウ《ОБЭРИУ》は、「リアルな芸術の結社」を意味するロシア語 Объединение Реального Искусства の略称）を設立する。彼らは未来派やダダイズムを思わせるエキセントリックな舞台やコンサートを企画した。戯曲『エリザヴェータ・バム』（一九二八）がオベリウ時代のハルムスの代表作である。これは前衛的な実験をあれこれと行っている作品で、ここでは実存的不条理の感覚やグロテスクなブラック・ユーモアがサーカスや民衆劇の要素と結びついている。

スターリン時代の不条理な現実

一九二〇年代末、ソ連はいつ終わるともしれない冬の時代を迎え、前衛的な芸術は当局によって弾圧されるようになる。ロシア革命の直後には当局は未来派に接近していたのだが（共産党の指導者たちも未来派の芸術家たちも、どちらも新しい世界を樹立することに情熱を燃やしているという点で共通していたからである）、党はあっと言う間に官僚主義的になってしまい、彼らの目には未来派の実験はいかがわしいものに映るようになったのだ。国家はまず、それまで黙認してきたアヴァンギャルド芸術をはっきりと禁止し、オベリウを強く批判して、「反ソヴィエト的」（これは当時最も強い非難の表現だった）という烙印を押した。マヤコフスキーは弾圧が強まって孤立感を深め、一九三〇年に自殺する。

ソ連当局がオベリウを強く批判したため活動を大きく制限されたハルムスにとって、生き延びるために唯一残された道は、レニングラード（一九二四年にレーニンが死んだ後、ペテルブルクはこのように改名された）にある国立出版社の児童文学部門で働くことだった。ここにはサムイル・マルシャークを中心に、一流の芸術家たちが集まっていた。マルシャークは詩人で、すぐれた翻訳家でもあった。今でもロシアの子どもたちは、マルシャークの作品を読んで育っている（『森は生きている』は日本でもよく知られている）。こうしてハルムスの手になる児童文学が生み出され、これがハルムスがまだ生きている間に出版された数少ない作品となった。

ハルムスが児童文学に関わりを持ち始めたのには、ふたつの理由がある。ひとつは、先にも述べたように、彼が大人向けに書いた作品がソ連当局によって禁止されてしまったことである。当時児童文学は、社会主義リアリズム（これが当局によって唯一認められていた芸術様式だった）の規範から逸脱した芸術家たちが細々とでも活動し続けることのできる数少ないジャンルのひとつだった。この状況はソ連が崩壊するまで続き、たとえば現代美術の分野で世界的に活躍するイリヤ・カバコフも、ブレジネフ時代には子ども向けの本の挿絵を描いていた。もうひとつの理由は、前衛芸術と子どもの感性との親近性である。ハルムスの作品に特徴的なナンセンスやブラック・ユーモア、さかさまの世界、執拗な繰り返しなどは、『マザー・グース』を見ればすぐにわかるように、子どもたちが大好きなものばかりである。

ハルムスがこの頃子ども向けに書いた作品は、世界を知る喜びにあふれた、遊び心いっぱいのもので、当時から子どもたちに大人気だったが、ソ連当局の望む路線に沿ったものではなかった。子ども向けの本に書かれるべき事柄として、当時の批評家は次のように書いている。「われわれの子どもたちは、自分たちの敵が誰なのかを知りたがっている」。つまり、ナンセンスな話を書くのではなく、階級闘争を題材にしろと言うのだ。一九三一年にハルムスは他の芸術家たちとともに、子どもたちに「反ソヴィエト的」な影響を与えた罪で逮捕され、オベリウ・グループはついに解散に追い込まれた。刑務所での拘留が地方都市クルスクへの流刑へと減刑され、さらにその流刑もわずか一年足らずで終わったのは、マルシャークの努力のおかげだった。詩人アフマートヴァが言ったように、多くの犠牲者を出した三〇年代後半の大粛清の時代に比べれば、当時の状況はまだ「菜食主義者的」だったのである。

この逮捕とそれに続く一年間の流刑経験は、ハルムスの作風を大きく変えた。未来派的な実験よりも不条理の感覚が前面に押し出されるようになったのである。これによってハルムス独自のスタイルが確立した。このスタイルは後に西ヨーロッパで「不条理の文学」と呼ばれるようになり、今日ではハルムスは、ベケットやイヨネスコのような作家たちの先駆者とみなされている。ハルムスは文学ジャンルや語りに関する伝統的な考え方を打ちこわした。一九三〇年代に書かれた作品の大部分は非常に短い物語やスケッチ、場面から成り、それらは始まったかと思うとあっと言う間に不条理な結末を迎える。

三十の超短篇から成るハルムスの最も有名な作品集のタイトルを、本書では『出来事《ケース》』と訳したが、ロシア語では「事件」と「偶然」のふたつの意味をあわせ持つ「スルチャイ（Случаи）」という単語が使われている。この作品集に収められた超短篇の主要テーマは、人間の思考の不完全さと認識の限界である。言語や論理的カテゴリーのような、一見有効そうに思えるツールは単なる玩具にすぎないことが暴露され、人間はたったひとりで見知らぬ世界と対峙しなければならなくなる。この世界は偽りに満ち、いつでもシュールな夢に変わり得る。そこでは人間同士のごく簡単なコミュニケーションさえ成り立たない。物事はもはや因果関係ではなく、「偶然」によって支配されている。また、ナンセンスな状況や絶妙な言葉遣い、エキセントリックな道化ぶりから生まれる独特なユーモアも、ハルムスならではのものである。

当時ハルムスを取り巻いていたソヴィエトの日常は、不条理そのものだった。昨日まで英雄視されていた人物が、今日は帝国主義のスパイであるという宣告を受け、子どもたちは学校で毎週のように教師から、教科書に載っている彼らの肖像写真の上に大きくバツ印をつけるよう指導された。何百万もの人々が社会主義経済の発展を心底喜び、祝賀パレードに参加したが、その一方で彼らは、国内に飢餓が蔓延していることも知っていた。人間をぎっしり詰め込んだ家畜運搬用の列車が数え切れないほどシベリアに向かい、スターリンは「生活は向上したのだ、同志諸君よ、人生はより楽しいものとなったのだ」と言った。後にアウシュヴィッツとヒロシマの悲劇をもたらすことになる狂気は、三〇年代のレニングラードですでに見てとることができるものだったのである。不条理は、この支離滅裂な世界を描くためのリアリスティックな手段だったと考えられる。その意味でハルムスはリアリストだったと言えるだろう。

ハルムスは釈放された後もときどきマルシャークの出版社のために作品を書いていたが、一九三七年に再び粛清の嵐が吹き荒れ、児童文学部門に所属していた芸術家の大部分が逮捕されたり、処刑されたりした。このときばかりは、マルシャークですら自分の身を守るだけで精一杯だった。年を追うごとに、ソヴィエトの現実はますます不気味で不条理なものとなり、犠牲者の数が増えれば増えるほど、スターリン崇拝熱もどんどん高まっていった。ハルムスのような知識階級は孤立してしまい、公の場で活動することなど、もはや考えられない状況だった。ハルムスはたまに子ども向けの詩を発表できるくらいで、大人のための作品はまったく出版できなかった。多くの同時代人と同様、ハルムスも「机の引出しのために」(ロシア語にはこういううまい慣用句がある)書くしかなかった。彼は困窮し、その日の食事にも事欠くありさまだった。一九三七年、ハルムスは子ども向けの雑誌に、ある日家から出ていったきり、何の手がかりも残さず忽然と姿を消してしまった男の詩を書いた。この詩のせいで、どんな出版社ももうハルムスには手をつけようとしなくなってしまった。実際に何百万もの人々が次々と姿を消していく国にあっては、この他愛もない子ども向けの詩も、政治的な当てこすりにしか見えなかった。

一九四一年八月二十三日、ハルムスのアパートに管理人がやって来て、ちょっと下まで来てくれ、と言った。ハルムスは中庭へ下りていき、そのままあの詩の主人公のように姿を消してしまう。ハルムスが刑務所内の病院で死亡（おそらく餓死）したのは、それからほんの数か月後のことだった。

ハルムス再発見

だが、作品は生き残った。ハルムスと同時代の作家ミハイル・ブルガーコフは、その名作『巨匠とマルガリータ』の中で「原稿は決して燃えない」と言っているが、ハルムスの原稿がたどった運命を知ると、本当にそのとおりであることに驚いてしまう。彼の原稿が残されたのは奇跡としか言いようがないからだ。

ハルムスが逮捕された後、彼の妻はアパートを訪ねてきた友人のヤーコフ・ドルスキンに、原稿の入った小さなトランクを託した。妻にとっては、逮捕された夫の原稿を保管しておくことはあまりにも危険すぎたからだ。このようなものを持っているというだけで、強制収容所送りになるような時代だったのである。（たとえば、詩人オーシプ・マンデリシタームのいくつかの作品を今でも私たちが読むことができるのは、ひとえに妻がそれらをすべて暗記してくれたおかげなのだ！）ドルスキンは自分の命が危険にさらされることを承知の上で、ハルムスの原稿を何年間も大切に保管した。彼はいつかハルムスが帰ってくると信じていたのだ。スターリンの死後、ハルムスがもう二度と帰ってこないとわかったとき、ドルスキンはハルムスの作品をソ連国内で出版しようと試みるが失敗に終わる。そこでドルスキンは、つてをたどって原稿のコピーを国外に持ち出すことにした。

一九七一年、アメリカで『ロシアの失われた不条理文学——文学的発見』*Russia's Lost Literature of the Absurd: A Literary Discovery* が出版される（この本の改訂版は *The Man with the Black Coat: Russia's Literature of the Absurd* というタイトルで、現在でも入手可能である）。この本によって、ハルムスの作品が友人ヴヴェジェンスキーの作品と合わせて、初めて広く世間一般に紹介されることになった。ソ連ではハルムスの作品は、七〇年代から八〇年代にかけて、タイプライターで作られた非合法の私家版で広まっていった。七〇年代の終わり、ドルスキンの知人だったロシア人文学研究者ミハイル・メイラフが、ハルムスの全作品をドイツで出版しようとする。全九巻のうち第四巻まで出されたところで、メイラフがソ連当局に逮捕されてしまい、企画は中断する。七〇年代に入ってもなお、ハルムスの作品に関わりをもつことは危険だったのである。

ハルムスがソ連国内でも公に認められるようになったのは、ゴルバチョフのペレストロイカ以降のことである。ハルムスはあっと言う間にカルト的な人気作家となった。いくつかの出版社から全集が相次いで出され、評論家や研究者たちがこぞってハルムスについての記事や論文を書いた。ソ連の一般読者の多くは、彼の短篇を丸暗記した。ハルムスの不条理な世界観や独特のユーモアは、現代人にも深く共感できるものだったのだ。現在では作品に出てくるいくつかの言い回しがほとんど慣用句のようになり、アマチュア作家の書いたハルムス風の作品が数多くインターネット上で公開されている。

今日ハルムスの作品は主要なヨーロッパ言語すべてに翻訳されている。彼の作品がロシア人だけに理解できるといったタイプのものではなく、そこに描かれていることや作風が現代人一般の心を深く打つものであるということは、ドイツを例にとってみるとよくわかる。ドイツではここ数年ハルムス・ブームとでも呼ぶべき現象が起きていて、『出来事《ケース》』だけでも二〇一〇年現在で、十種類以上の翻訳が出版されている上に、朗読を吹き込んだCDや、劇場版のDVDまで販売されている。

ハルムス傑作コレクション

〈ひとりの男がいた〉

ひとりの男がいた。クズネツォフという名前だった。あるとき、彼の家にあった腰掛けがこわれた。彼は家を出た。それは店に行って、腰掛けを修理する木工用の接着剤を買うためだった。

クズネツォフが建設中の家のそばを通りかかったとき、上から煉瓦が落ちてきて、クズネツォフの頭に命中した。

クズネツォフは倒れたが、すぐにぴょんと立ち上がって、頭にさわってみた。頭には巨大なたんこぶができていた。

クズネツォフはたんこぶをなでながら言った。

「私はクズネツォフ氏だ。私は家を出た。それは店に行って……、行って……、行って……。ああ、何ということだ！　私は何のために店に行こうとしていたのか、忘れてしまった」

ちょうどそのとき、屋根から二つ目の煉瓦が落ちてきて、またもやクズネツォフの頭に命中した。

「いたっ！」とクズネツォフと叫んで、頭を押さえた。手でさわってみると、二つ目のたんこぶができているのがわかった。

「何てことだ」とクズネツォフは言った。「私はクズネツォフ氏だ。私は家を出た。それは……、それは……、それは……。いったいどこへ行こうとしていたんだっけ？　私はどこへ行くつもりだったのか忘れてしまった！」

そのとき、上から三つ目の煉瓦がクズネツォフに向かって落ちてきた。クズネツォフの頭には三つ目のたんこぶができた。

「あいたたっ！」とクズネツォフは頭を押さえて叫んだ。「私はクズネツォフ氏だ。私は出た……、出た……、出た……。地下室から出たんだっけ？　いや違う。樽から出たんだっけ？　いやそれも違う。いったい、どこから出たんだったかな？」

屋根から四つ目の煉瓦が落ちてきて、クズネツォフの後頭部に命中した。クズネツォフの後頭部に、四つ目のたんこぶができた。

「本当になんてこった！」とクズネツォフは後頭部をかきながら言った。「私は……、私は……、私は……。私は誰だっけ？　自分の名前を忘れたってのか？　なんてこった。私の名前は何だったっけ？　ヴァシリー・ペトゥホフだったっけ？　いや違う。ニコライ・サポゴフ？　いや、それも違う。パンテレイ・リサコフ？　いや違うなあ。私はいったい誰だっけ？」

ところがそのとき、屋根から五つ目の煉瓦が落ちてきて、クズネツォフの後頭部に命中したために、クズネツォフはすっかり何もかも忘れてしまい、「やっほー！」と叫びながら通りを走り去った。

＊　　＊　　＊

どうかお願いです。もしも通りで、頭に五つのたんこぶがある人を見かけたら、その人に思い出させてあげてください。その人の名前がクズネツォフで、木工用の接着剤を買わなければならなくて、こわれた腰掛けを修理する必要がある、ということを。

〈Жил-был человек〉（1935）

アントン・ミハイロヴィチはつばをペッと吐いて、「ええと」と言い、またペッと吐いて、また「ええと」と言い、またペッと吐いて、また「ええと」と言い、どこかへ行ってしまった。こんな奴のことなんかどうでもいい。イリヤ・パヴロヴィチの話をする方がよさそうだ。

イリヤ・パヴロヴィチは一八九三年にコンスタンティノープルで生まれた。まだ小さな子どもだった頃、ペテルブルクに引っ越した。ペテルブルクでは、キーロチナヤ通りにあるドイツ学校に通った。卒業後、どこかの店で働き、それから別の仕事に就いて、革命が起きたとき、外国へ亡命した。この男のことはどうでもいい。アンナ・イグナーチエヴナの話をする方がよさそうだ。

けれども、アンナ・イグナーチエヴナの話をするのはそんなに簡単ではない。第一に、私は彼女のことは何も知らない。第二に、私はついさっき椅子から落ちて、何の話をするつもりだったか忘れてしまった。だから、私自身のことについて話をする方がよさそうだ。

私は背が高くて、なかなか賢く、エレガントで趣味のいい服装をしている。酒は飲まず、競馬もやらないが、女性には惹かれている。ご婦人方も私を避けようとはしない。ご婦人方は、私がデートに誘うと喜ぶ。セラフィーマ・イズマイロヴナは、私を何度も家に招待してくれた。ジナイーダ・ヤーコヴレヴナも、私に会うたびにうれしいと言ってくれる。

だが、マリーナ・ペトローヴナとはおもしろいことになったので、その話をしよう。その一件はごく普通のことだったのだが、それでもおもしろい。と言うのも、マリーナ・ペトローヴナが私のせいで、手のひらのようにつるつるのはげになってしまったからである。それはこんなふうにして起きた。私がある日マリーナ・ペトローヴナのもとへ出かけていくと、彼女はポンッとはげになってしまったのである。それだけのことだ。

Симфония № 2（1941）

〈親愛なるニカンドル・アンドレーエヴィチ……〉

親愛なるニカンドル・アンドレーエヴィチ、

お手紙受け取りました。君からの手紙だと、すぐにわかりました。最初は君からの手紙ではないかもしれないと思いましたが、開封してみてすぐに君からの手紙だとわかりました。封を切るまでは、君からの手紙ではないと思うところでした。君がしばらく前に結婚したと聞いて、喜んでいます。と言うのも、結婚したいと思う相手と結婚したとすれば、望みを叶えたことになるからです。それでぼくは、君が結婚したことをとても喜んでいます。結婚したいと思う相手と結婚したとすれば、望みを叶えたことになるからです。昨日、ぼくは君の手紙を受け取りました。そのときすぐに、君からの手紙だと思いました。それから、君の手紙ではないかもしれないと思い直しました。開封してみると、それはやっぱり君からの手紙でした。ぼくに手紙を書いてくれて、とてもよかったと思います。君は初めのうちは便りをよこさなかったけれど、それから突然手紙をくれました。と言っても以前は、つまり君が便りをよこしてくれなかったときよりも前には、手紙を書いてくれたんだけれども。君の手紙を受け取ったとき、ぼくはすぐに君からの手紙だと思いました。君が結婚したと聞いて、とても喜んでいます。結婚したいと考えるようになったときには、何が何でも結婚するべきだからです。だからぼくは、君が結婚したいと思う相手とついに結婚したことを、とてもうれしく思っています。ぼくに手紙をくれて、ほんとによかった。君からの手紙を見たとき、ぼくはとても喜びました。見た瞬間に、君からの手紙だと思いました。正直に言うと、手紙を開いてみる間、ひょっとしたら君からの手紙ではないかもしれないという考えが頭をよぎりました。けれども、君からの手紙に違いないと考え直しました。手紙をくれて、どうもありがとう。君に感謝しているし、君のために喜んでいます。ぼくがなぜ君のためにこんなに喜んでいるのか、君にはわからないかもしれません。ぼくは君が結婚したことを喜んでいるのです。それも、君が結婚したいと思った相手と結婚したことを喜んでいるのです。結婚したいと思った相手と結婚するのは、とてもすばらしいことなんですよ。それで君が望みを叶えたことになるからです。それだからこそ、ぼくは君のために喜んでいるのです。と言うのも、それにぼくは、君がぼくに手紙をくれたことでも喜んでいます。君の手紙を遠くから目にしたときにはもう、ぼくにはそれが君からの手紙だとわかっていました。けれども、手紙を手に取ってみたときには、君からの手紙ではないかもしれないような気がしてきました。それから、やっぱり君からの手紙だと思いました。開封しながら、ぼくは君からの手紙だろうか、それとも違うんだろうか、と考えました。君からの手紙だろうか、それとも違うんだろうか。封を開けたとき、君からの手紙だということがわかりました。ぼくはとてもうれしかったので、君に返事を書こうと思いました。書きたいことはたくさんあります。けれども、ぼくには文字通りの意味で、時間がないのです。今書けることはこの手紙に書きました。書けなかったことは、また改めて書くことにします。今は本当に全然時間がないんです。少なくとも君がぼくに手紙を書いてくれたことは、本当によかった。おかげで、君がしばらく前に結婚したということがわかりました。前にくれた手紙でも、君が結婚したということがわかってはいたのですが。今回の手紙で、君が本当に結婚したのだということがよくわかりました。君が結婚して、ぼくに手紙をくれたことで、ぼくは喜んでいます。君からの手紙を見たとき、すぐにぼくは、君がまた結婚したんだなと思いました。君がまた結婚して、そのことをぼくに手紙で知らせてよこしたのはよかったと思いました。新しい奥さんが誰で、どんなふうにして結婚することになったのか教えてください。新しい奥さんにどうぞよろしく。

〈Дорогой Никандр Андреевич...〉(1933)

〈ひとりのフランス人にソファがプレゼントされた…〉

ひとりのフランス人にソファと、普通の椅子四脚と、肘掛け椅子がプレゼントされた。フランス人は窓際に置かれた普通の椅子にすわったが、ソファに寝そべりたくなった。フランス人はソファに寝ころんだが、すぐに肘掛け椅子にすわりたくなった。フランス人はソファから立ち上がり、肘掛け椅子にまるで王様のようにすわった。が、肘掛け椅子は彼には豪華すぎるように思われた。普通の椅子の方が居心地がよさそうだった。

フランス人は窓際の椅子にすわり直した。けれども、彼は椅子の上でじっとはしていられなかった。窓からすきま風が入ってきたからである。フランス人はペチカのそばにある椅子にすわり直すと、眠気を感じた。それでフランス人はソファに横になって休もうとしたが、ソファのところまでたどり着く直前に向きを変えて、肘掛け椅子にすわった。

「ここがいい」とフランス人は言ったが、すぐに次のように付け加えた。「でも、ソファの方がもっといいかも」

〈Одному французу подарили диван…〉（一九三〇年代後半）

プーシキンについて

プーシキンのことを全然知らない人にプーシキンについて語るのはむずかしい。プーシキンは偉大な詩人である。ナポレオンよりもプーシキンの方が偉大だ。プーシキンに比べれば、ビスマルクなど無に等しい。アレクサンドル一世も二世も三世も、プーシキンに比べれば吹けば飛ぶような存在だ。けれども、どんな人だって、プーシキンに比べれば吹けば飛ぶような存在なのだ。ただひとり、ゴーゴリに比べたときだけ、プーシキンの方が吹けば飛ぶような存在になってしまう。

だから、プーシキンについて書く代わりに、ゴーゴリについて書くことにしようと思う。とは言え、ゴーゴリは偉大すぎて、彼について書くことなどできない。だから、私はやはりプーシキンについて書くことにする。

けれども、ゴーゴリの名前を出した後でプーシキンについて書くのは、何となく悔しい気がする。だからと言って、ゴーゴリについて書くことは不可能だ。だから、結局何にも書かないことにしよう。

O Пушкине (1936)

国民のアイドル、プーシキン

アレクサンドル・セルゲーエヴィチ・プーシキン（一七九九―一八三七）はロシアの文学と文化に大きな影響を与えた、国民的大詩人である。彼はすべての階層に属するロシア人から愛され尊敬されて、十九世紀にはプーシキン神話とでも呼べるものが出来上がった。ドストエフスキーはある講演の中で「プーシキンは我々のすべてである」と述べて、後にはこの表現がほとんど慣用句のようになった（現代のロシアにはこれをもじって、「プーチンは我々の永遠である」というジョークがある）。

一九三七年、スターリン体制下のソ連でプーシキン没後百年の記念祭が大々的に催された。スターリン体制は強大なソ連を体現する英雄としてプーシキンを利用し、その姿を実像とはほど遠いものに理想化した。プーシキンは生活のありとあらゆる局面で最高の存在とされたのである。実際のプーシキンはかなり複雑な性格の持ち主で、女性とのスキャンダルも多かった。ネガティブな面まで赤裸々に描き出したプーシキンの日記が一九八〇年代になって発見されたのだが、その内容があまりにショッキングだったので、それが本当にプーシキン自身の手になるものなのかどうか議論が沸騰した。この日記は外国ではすぐに出版されたが（二十以上の言語に翻訳されている）、ソ連で出版されることはなかった。

スターリン体制下でプーシキンが美化されるさまを目の当たりにしたハルムスは、独自のスタイルでプーシキンを描きたいという欲求にかられたようである。『出来事《ケース》』に収められた三十篇の短篇のうちの二つがプーシキンに関するものであることからもわかるように（「プーシキンとゴーゴリ」と「プーシキンについてのエピソード」）、ハルムスはプーシキンを好んで取り上げている。注目すべきは、その際プーシキンに次ぐロシア第二の文豪ゴーゴリも登場していることである。ハルムスは実在した偉大な人物について偽のエピソードを書くのが大好きだったのである（たとえば、十七世紀初頭の英雄スサーニンについて語った「歴史上のエピソード」も、この文脈で読むことができる）。

この〈歴史的偽エピソード〉というジャンルは、ペレストロイカ期にハルムスが解禁された後、ソ連国内で大ブームとなり、多くの人々がハルムスをまねて歴史上の人物についての偽のエピソードを語った。今ではこのスタイルがあまりにも定着してしまったので、プーシキンをはじめとする有名人の本当のエピソードはもはや語ることが不可能になってしまった。誰かが本当の話を語り始めるや否や、それを聞く人すべての頭にハルムスが浮かんで、笑い出さずにはいられないからである。先に触れたプーシキンのものとおぼしき日記は、二〇〇一年にロシア語で初めて出版されたが、出版社にクレームが殺到して、日記を店頭に並べた書店は暴徒に破壊されんばかりになったということだ。

四本足のカラス

四本足のカラスがいた。そのカラスには本当は足が五本あったのだが、そんなことはどうでもいい。

あるとき四本足のカラスはコーヒーを買って、考えた。「さてと、コーヒーを買ったけれど、これをどうすればいいのかな？」

不運なことに、そこへキツネが通りかかった。キツネはカラスを見て、呼びかけた。

「おい、カラス！」とキツネは叫んだ。

それでカラスはキツネに叫び返した。

「カラスはお前だろう！」

キツネが叫び返した。

「カラス、お前はブタ野郎だ！」

カラスは憮然として、コーヒーを全部ぶちまけてしまった。キツネは向こうへ行ってしまった。カラスは地面の方へ駆け降りて、四本の、いや正確には五本の足で、みすぼらしい家に帰っていった。

Четвероногая ворона（1938）

〈眼に小石の刺さった、背の低い紳士が…〉

眼に小石の刺さった、背の低い紳士が煙草屋の入り口まで来て、立ち止まった。彼の黒いエナメルの靴は、煙草屋の入り口につながる階段のそばでぴかぴか輝いていた。靴のつま先は店先へ向いていた。あと二歩も歩けば、この紳士は煙草屋の扉の向こう側に行ける。けれども彼はなぜか躊躇した。まるで、上から落ちてきた煉瓦にわざと頭をぶつけようとしたかのようだった。この紳士はわざわざ帽子まで脱いではげ頭を露わにしたので、煉瓦は彼のむき出しの頭に命中したのである。煉瓦は頭蓋骨をへし折って、脳に突き刺さった。紳士は倒れなかった。いや、彼は強い衝撃を受けてふらっとはしたものの、ポケットからハンカチを取り出して、血と脳みそに汚れた顔をぬぐい、あっと言う間に集まってきた野次馬の方を向いて言った。

「みなさん、どうぞご心配なく。私は予防接種を受けていますから。ご覧ください、私の右眼には小石が刺さっているでしょう。これもちょっとした事件だったんですよ。こういうことに、私はもう慣れているんです。私は何があってもへっちゃらです！」

紳士はこう言って帽子をかぶり、脇の方へ歩いていって、あっけにとられている野次馬をすっかり当惑させてしまった。

〈Господин невысокого роста…〉（1939–1940）

現象と存在について　No. 1

画家ミッケ・ランジェロは山と積まれた煉瓦の上にすわり、頬杖をついて考え始めた。そのとき雄鶏が通りがかり、丸くて金色の眼で画家ミッケ・ランジェロを見た。まばたきひとつせずに見た。画家ミッケ・ランジェロは頭を上げて雄鶏を見た。雄鶏は眼をそらさず、まばたきせず、尾も動かさなかった。画家ミッケ・ランジェロは視線を落とし、眼がしみるのに気がついた。画家ミッケ・ランジェロは手で眼をこすった。すると、雄鶏はもうそこにはいなかった。もうそこにはおらず、歩いていた。納屋の向こうにある鶏舎の方へと歩いていった。鶏の仲間たちがいる鶏舎の方へと歩いていった。

画家ミッケ・ランジェロは煉瓦の山から立ち上がり、ズボンについた煉瓦の赤いほこりを払い落した。それからベルトを投げ捨てて、妻のところへ行った。

画家ミッケ・ランジェロの妻は背が高かった。とても高かった。部屋ふたつ分の高さがあった。

その途中、画家ミッケ・ランジェロはコマロフに出会った。彼はコマロフの腕をつかんで大声で言った。「おい、見ろよ！」

コマロフが見ると、球があった。

「あれは何だ？」とコマロフがつぶやいた。

天から声が響いた。「あれは球だ」

「いったい何の球だ？」とコマロフがつぶやいた。

天から声が響いた。「滑らかな表面の球だ！」

コマロフと画家ミッケ・ランジェロは草地にすわった。きのこのように草地にすわっていた。彼らはお互いの手を握り合って、空を見つめた。空にあるものは徐々に巨大なスプーンの形を取り始めた。あれは何だろう？　それは誰にもわからない。人々は走って家の中に逃げ込んだ。彼らは戸や窓を閉めた。でもそれが何の助けになるだろうか。もちろん、何の助けにもならない。

私は一八八四年に、天にごくありきたりの彗星が現れたのを覚えている。蒸気船ほどの大きさの彗星だった。あれは不気味だった。そして今度はスプーンだ！　この現象に比べれば、彗星など何でもない。

窓と戸を閉めるなんて！

それが何かの助けになるのだろうか？　天の現象に対しては、板切れなど何の役にも立ちはしない。

うちのアパートにニコライ・イヴァノヴィチ・ストゥーピンが住んでいる。彼は、すべては煙のようなものだ、という理論の持ち主である。けれども私の考えでは、すべてが煙というわけではない。ひょっとしたら煙なんか、まったく存在していないかもしれない。ひょっとしたら、何も存在していないのかもしれない。存在しているのは区別だけなのかもしれない。あるいは、ひょっとしたら区別もないのかもしれない。むずかしい問題だ。

うわさでは、ある有名な画家が雄鶏を観察した、ということだ。観察して、観察して、しまいには雄鶏は存在しないという結論にたどりついたらしい。

その画家はそのことを友人に話した。すると友人は笑った。「何だって」とその友人は言った。「存在していないだって。雄鶏が目の前にいて、それをはっきりと見ているのにか」

すると偉大な画家はうなだれて、そのまま煉瓦の山の上にすわってしまった。

О явлениях и существованиях № 1（1934）

現象と存在について　No. 2

ウォッカの瓶が一本あります。いわゆるアルコール類です。その瓶の横にニコライ・イヴァノヴィチ・セルプホフがいるのが見えるでしょう。

瓶からアルコールの匂いが立ちのぼっています。ニコライ・イヴァノヴィチ・セルプホフが鼻から息を吸い込んでいるのをご覧ください。とても気持ちよさそうな様子です。と言うのも、それがアルコールだからです。

ですが、ニコライ・イヴァノヴィチ・セルプホフの背後には何もないことに注意してください。クローゼットとかたんすとか、そういったものがない、という意味ではなくて、まったく何もないのです。空気さえないのです。みなさんが信じてくださるかどうかわかりませんが、ニコライ・イヴァノヴィチ・セルプホフの後ろには真空の空間、すなわち、いわゆるエーテルと呼ばれているものすらありません。正直に申しますが、まったく何もないのです。

みなさんには想像さえできないでしょう。

そんなことはどうでもいい、と言うのも、私たちに関心があるのはアルコールとニコライ・イヴァノヴィチ・セルプホフのことだけなのですから。

今ニコライ・イヴァノヴィチはアルコールの入った瓶を手にとり、鼻に近づけました。ニコライ・イヴァノヴィチは匂いを嗅いで、口をうさぎのようにもぐもぐさせています。

ここで、ニコライ・イヴァノヴィチの背後だけでなく前にも——いわば、彼の胸前にも——彼の周囲にはまったく何もない、ということを申し上げておかなければなりません。あらゆるものの完全な不在、あるいはかつて使われた面白い表現を使うなら、あらゆる存在の不在なのです。

けれども話をアルコールとニコライ・イヴァノヴィチのことに戻しましょう。

ご覧ください、ニコライ・イヴァノヴィチはアルコールの入った瓶をのぞき込み、瓶に唇をつけて、瓶の底を上にして持ち上げ、さあ見てください、アルコールをすっかり飲み干してしまいます。

よくやりました！　ニコライ・イヴァノヴィチはアルコールを飲み干して、目をパチパチさせています。よくやりました！　よくあんなことができたものです！

今度は次のようなことを申し上げておかなければなりません。そもそも、ニコライ・イヴァノヴィチの後ろや前や回りに何もないだけでなく、彼の中にも何もない、何も存在していないのです。

もちろん、今私たちが申し上げたとおりになっていて、ニコライ・イヴァノヴィチがこのような条件のもとにちゃんと存在している、ということも可能でしょう。もちろんそんなこともあるでしょう。しかし、正直にお話ししますと、問題はニコライ・イヴァノヴィチはかつて存在していなかったし、今も存在していない、ということなのです。これこそが問題なのです。

あなた方はきっと、それではあの瓶とアルコールはどうなったのか、とお尋ねになるでしょう。特に、存在していないニコライ・イヴァノヴィチに飲み干されたアルコールはいったいどこに行ってしまったのか、ということをお尋ねになるでしょう。瓶は残っている、けれどもアルコールはどこに行ったんだ、と。ついさっきまでアルコールはあったのに、突然なくなってしまった。ニコライ・イヴァノヴィチは存在していないという話だが、どうすればそんなことがあり得るのか、と。

ここで私たちは推測の手だてを失ってしまいます。

ところで、何の話をしていたのでしたっけ？　ニコライ・イヴァノヴィチの中にも外にも何も存在していない、ということでしたよね。中にも外にも何も存在していないのなら、瓶も存在していないということになりませんか？　そうですよね？

けれども、次のようなことを考えてみましょう。中にも外にも何も存在していない、というのであれば、何の中や外のことなのか、という疑問がわいてきますよね。つまり、何かは存在しているわけです。あるいは何も存在していないのかもしれません。でも、それならなぜ、中とか外とか言うのでしょうか？

いや、これは明らかに行き詰まり状態です。もう何をお話しすればいいのかわかりません。

では、さようなら。

О явлениях и существованиях № 2（1934）

〈あるエンジニアが…〉

あるエンジニアが煉瓦でできた巨大な壁を、ペテルブルクを横断する形で建設しようと思い立った。彼はどうすればそういう壁を完成することができるか考えて、夜も眠らずにあれこれ議論した。そうこうするうちに頭でっかちのエンジニアたちのグループが誕生し、壁建設の計画を作り上げた。壁の建設は夜に行われることになった。それも、一夜のうちにすっかり完成させるのである。市民をびっくりさせたいという目論見だった。現場で働く労働者が集められ、それぞれに仕事が割り振られた。市当局には何も知らされなかった。そしてついに壁が建設される夜がやって来た。壁の建設について知っているのは四人だけだった。労働者たちはどこで何をするべきか、指示を受けた。緻密な計算のおかげで、一夜のうちに壁を作るという計画は成功裏に終わった。翌朝、ペテルブルクは大混乱になった。壁建設の計画を立てたエンジニアは憂鬱な気分になっていた。壁が何の役に立つのか、自分でもよくわからなかったからである。

〈Некий инженер задался целью...〉(1930)

壁の建設

三十年後にベルリンで何が起きるか、なぜハルムスはこんなにも正確に予言できたのだろうか。そもそも街を横断する壁というイメージを抱いたこと自体が驚きである。この話にあるとおり、ベルリンの壁の建設についてはごく少数の人間しか知らされていなかったし、一夜のうちに東西ベルリンを分断する鉄条網がはりめぐらされて、翌朝、世界中が上を下への大騒ぎになったのである。

一九六〇年代のベルリンに具体的なモノとして出現した、外界との接触を遮断する境界線は、ハルムスが生きた時代のソ連にもすでに、目に見えない形で存在していた。後に「鉄のカーテン」と呼ばれるようになるこの目に見えない遮断物が、当時のソ連をぐるりと取り囲み、その中に生きている人々は外界から隔絶されていたのである。ハルムスはおそらくこのような状況にヒントを得て「〈あるエンジニアが…〉」を書いたのだろう。

「壁が何の役に立つのか、自分でもよくわからなかった」という終わり方は、不条理の文学に特徴的である。不条理の世界においては、ある行動の動機もわからなければ、何のためにそのような行動を起こすのか、目的も定かではない。当時のソ連は工業化のための巨大プロジェクトが次々に立ち上げられる時代で、これらのプロジェクトは、本来はユートピアを実現するためのものだったのだが、実際には人々の生活はますます悲惨なものになっていくばかりだった。このような無意味な巨大プロジェクトのありさまが、ハルムスにこの話のヴィジョンをもたせたのかもしれない。アンドレイ・プラトーノフの代表作『土台穴』(一九三〇年)も同様のテーマを扱っている。この小説では、労働者たちが大工場建築のために巨大な穴を掘らなければならないのだが、穴があまりにも巨大であるために掘る作業だけで人々は力を使い果たし、工場の建設までには至らない。ここで描かれているのも行動の無意味さなのである。実際にベルリンの壁の建設を計画した人々も、このエンジニアと同じような感慨を抱いていたのだろうか。

スケッチ

第一幕

コカ　僕は今日、結婚する。
母親　何だって？
コカ　僕は今日、結婚する。
母親　何だって？
コカ　僕は今日、結婚する、と言ったんだよ。
母親　何て言ったの？
コカ　ぼーくーはーきょーうーけっーこんーすーる！
母親　けっ？　けって何？

コカ　けっ－こん！
母親　こん？　こんてどういうこと？
コカ　こんじゃなくて、けっ－こん！
母親　こんじゃないの？
コカ　そうさ、こんじゃない！
母親　何だって？
コカ　こんじゃないんだってば。わかる？　こんじゃないんだよ！
母親　ほら、またこんって言った。どうしてまた、こんって言うのかわからないわ。
コカ　ちえっ！　けっ、と、こんだって！　いったい何なのさ！　けっ、とだけ言うのがナンセンスだって、自分でもわからないのか？
母親　何て言ったの？
コカ　けっ、とだけ言うのはナンセンス！
母親　セン？
コカ　もう、いったいどうなってるんだ！　どうやったら言葉の一部だけ取り出すことができるのさ。それも全然意味のないセンなんてところを取り出して！　なんでよりにもよってセンなんだよ！

母親　ほら、またセンって言ったじゃない。

コカ・ブリャンスキーは母親の首をしめる。花嫁のマルーシャが登場。

Пиеса（1933）

講義

プシコフが言った。

「女性は愛の機械です」

それですぐに顔面に一発くらった。

「なんで?」

とプシコフは尋ねた。それには誰も答えなかったが、プシコフは続けて言った。

「私が思うに、女性に近づくには下手に出なければなりません。女性はそうされるのが好きです。ただ、好きでないふりをしているだけなのです」

こう言ったとたん、プシコフはまた顔面に一発くらった。

「いったいどういうことですか、同志! いちいち殴られるのなら、もう一言だってしゃべりませんぞ」

とプシコフは言った。けれども、十五秒黙っていた後で、また続けて言った。

「女というものは、柔らかくって湿っぽくできているものです」

それでまたプシコフは一発くらった。プシコフはまるで何もなかったようなふりをして、こう続けた。

「女の匂いをかぐと……」

ここでまた一発くらったが、それがあまりにも強烈な一発だったので、プシコフは頬を押さえて言った。

「同志、こんな状況のもとでは、講義なんかできたもんじゃない。同じことがまた繰り返されるようなら、私はもう何も話さないことにするぞ」

プシコフは十五秒黙った後で、また続けて言った。

「どこまで話したっけ？　ああそうだった。さてと。女は自分の姿を見るのが好きだ。女は鏡の前に素っ裸ですわって……」

こう言ったとたんに、プシコフはまた一発くらった。

「素っ裸」

とプシコフは繰り返した。

バシッと一発くらった。

「素っ裸！」

とプシコフは大声で言った。

バシッと一発くらった。

「素っ裸！　素っ裸の女！　素っ裸のあまっこ！」

とプシコフは叫んだ。

バシッ、バシッ、バシッと殴られた。

「柄杓を手にした素っ裸のあまっこ！」

とプシコフは叫んだ。

バシッ、バシッと連続して殴られた。

「女のしっぽ！」

とプシコフは、殴られそうになるのをよけながら叫んだ。

「素っ裸の尼さん！」

けれどもここでプシコフはこっぴどく殴られたので意識を失い、床にばったりと倒れた。

Лекция（1940）

〈本物の自然愛好家は……〉

（本物の自然愛好家は）口から息を吸い込み、鎖骨の下が痛くなるほど腹をふくらませる。彼は橋の下に降りて、草地を歩く。そこで小さな花を見つけて、しゃがみ込み、においをかいで、花にキスをする。地べたに横になり、いろいろな音に耳を澄ませる。服が汚れるのも構わず、地面の上を這い回る。這って、幸福のあまり泣く。彼は幸せだ。なぜなら、彼の本質は大地と結びついているからだ。

本物の自然愛好家はいつも、自然が発するほんの小さなサインを鼻でかぎ分けることができる。町なかにいてさえ、馬の鈍重な顔を見ると、果てしなく広がる草原やアザミや砂ぼこりが彼の目の前に浮かんできて、耳には鈴の音が聞こえてくる。彼は目をぎゅっとつむって頭を振り、自分が馬なのか人間なのかわからなくなる。彼はいななき、ひづめで地面を蹴り、想像上のしっぽを振り、馬の歯をむき出して、馬のように空気を汚染する。

こんな本物の自然愛好家から、どうぞ私をお守りください。

〈Истинный любитель природы…〉（1939–1940）

通りで起きたこと

ある日ひとりの男が路面電車から飛び降りたが、そのタイミングがまずくて、車にひかれてしまった。

交通はストップし、巡査がやって来て、この事故がどうして起きたのか、原因をつきとめようとした。

車を運転していた人は、車の前輪を指さしながら長々と説明した。

巡査はタイヤをさわり、手帳に何か書き込んだ。

彼らの周りを、かなりの人数のやじ馬が取り囲んだ。

生気のない目をした市民が、絶えず歩道の縁石から落ちた。

ひとりの婦人が絶えず振り返ってはもうひとりの婦人を見、もうひとりの婦人も絶えずその婦人の方を見た。

それからやじ馬は散って、通りの交通はまた元通りになった。

生気のない目をした市民はその後もしばらく歩道の縁石から落ち続けていたが、その彼もようやく落ちるのをやめた。

ちょうどそのとき、おそらくは買ったばかりの椅子を運んでいた人が、そのまままっすぐ路面電車に突っ込んで行った。

また巡査がやって来て、やじ馬もまた集まり、交通も止まってしまった。生気のない目をした市民は、また歩道の縁石から落ち始めた。

さて、それからまたすべてが平常通りになって、イヴァン・セミョーノヴィチ・カールポフが食堂に立ち寄ったほどだった。

Происшествие на улице（1935）

レジ係

あるときマーシャはきのこを見つけた。彼女はそれを採って、市場に持って行った。市場で彼女は頭を殴られ、脚も殴ってやるぞと脅された。マーシャは驚いて市場から逃げ出した。彼女は食料品店に逃げ込み、レジの後ろに隠れようとした。けれども店長がマーシャに気づいて、言った。「手に持っているのは何だ?」マーシャは言った。「きのこです」店長は言った。「すばしこい奴だな。俺に雇ってもらいたいのか?」マーシャは言った。「あんたにはそんなことできないでしょ」店長は言った。「いや、雇ってやるぞ」こうしてマーシャはレジのハンドルを回す係になった。

マーシャはレジのハンドルを回して、回して、そして突然死んでしまった。警官がやって来て調書を取り、店長に罰金を支払うよう命じた。十五ルーブルだった。

店長は言った。「何の罰金ですか?」警官は言った。「殺人の」店長はびっくりし、急いで罰金を払って言った。「早くレジ係を始末してください」けれども、果物売り場の店員が言った。「違いますよ、彼女はレジ係なんかじゃありませんよ。レジのハンドルを回していただけですよ。レジ係なら、ほら、あそこにいる」警官は言った。「われわれにとっては誰がレジ係でも構わない。レジ係を始末しろと言われているのだから、始末するだけだ」

警官はレジ係の方へ向かった。

レジ係はレジの向こう側で床に伏せて言った。「私は行かないわよ」警官は言った。「なんで一緒に来ないのさ、お馬鹿さんだね」レジ係は言った。「あんたたち、私を生きたまま埋葬するつもりなんでしょ」

警官はレジ係を床から起き上がらせようとした。けれどもうまくいかなかった。レジ係がとても太っていたからである。

「脚をつかみなさいよ」と果物売り場の店員が言った。

「それはだめ」と店長は言った。「彼女は私とちょっとした関係があるんです。だから、彼女の脚がむき出しになるようなことはしないでください」レジ係が言った。「みなさん、お聞きになった？　私の脚がむき出しになるようなまねはしないでくださいよ」

警官はレジ係の脇の下に手を入れて、彼女を店から引きずり出した。

店長は店員たちに、店の中を片づけて、それぞれ持ち場に戻って仕事をするように言いつけた。

「この死体、どうしますか?」と果物売り場の店員が言い、マーシャを指さした。

「なんてこった」と店長が言った。「私たちは何もかも取り違えてしまった。本当に、この死体をどうしたらいいだろう?」

「レジには誰がすわったらいいんです?」と店員が尋ねた。

店長は両手で頭を抱えた。そして、売り台の上にあったりんごを膝で蹴散らして、言った。

「なんたる災難!」

「なんたる災難!」と店員たちが口をそろえて言った。

すると急に店長は、口ひげのあたりを掻いて言った。

「へへーん! 俺を袋小路に追い込もうたって、そうは簡単にいかないぞ! 死体をレジのところに置いたらどうかな? お客にはレジに誰がいるのか、わからないかもしれないぞ」

店員たちは死体をレジのところに置き、生きた人間に見えるように口に煙草をくわえさせた。そして信憑性を高めるために、手にきのこを持たせた。死体はまるで生きた人間のようにレジにすわっていた。ただ、顔色がかなり緑がかっていて、片方の目は開いているのに、もう片方の目は完全に閉じられていた。

「大丈夫」と店長は言った。「これでいけるさ」

お客たちはもう外でドアをドンドンたたき、なぜ店が閉まっているのかと騒ぎ立てていた。特に絹の上着を着たひとりの主婦などは、金切り声を上げて、買い物袋を振り回し、靴のかかとでドアノブを蹴ろうとしているところだった。その主婦の後ろでは、枕カバーをスカーフ代わりに頭に巻いたおばあさんが大声を出して悪態をつき、店長をならず者呼ばわりしていた。

店長はドアを開けて、お客たちを中へ入れた。皆は肉売り場へどっと押し寄せ、そこから砂糖とコショウの売り場へと移動した。おばあさんだけがまっすぐ魚売り場へ行こうとしたけれどもその途中でレジ係を目にして、立ち止まった。

「こりゃおったまげた」とおばあさんは言った。

絹の上着を着た主婦はもう全部の売り場を見終わって、レジ係のところに大急ぎで向かっていた。レジ係を目にするや否や、彼女は立ち止まり、黙ったままレジ係をじっと見た。店員たちも黙っていた。そして店長の方を見た。店長は売り台の向こう側にいて店内を眺め、これからどうなるのか様子をうかがっていた。

絹の上着を着た主婦は、店員たちの方に向き直って言った。

「レジのところにいる、あれは誰?」店員たちは黙っていた。どう答えていいか、わからなかったのだ。

店長も黙っていた。

人々が店じゅうから集まってきた。店の外にも人だかりができた。店の近所の建物の管理人たちも姿を見せ始めた。警笛がピーッと鳴った。もう立派なスキャンダルだった。

群衆は夜遅くまで店のそばにいるつもりだった。けれどもそのとき誰かが、オジョルヌィ小路でばあさんたちが次々と窓から落ちているぞ、と言った。すると群衆の数がまばらになった。オジョルヌィ小路の方へ移動した人が大勢いたからである。

Кассирша (1936)

ビッグ・ブラザー

ハルムスの作品にはしばしば脇役として管理人や門番が登場する。それも、何か怪しげな出来事が起きたときに限って、彼らが姿を現すのだ。本書ではそれぞれのエピソードに描かれている状況に合わせて管理人と訳したり、門番と訳したりしたが、もとは同じロシア語「ドヴォルニク」である。彼らの本来の仕事は、アパート等の建物の状態を良好に保つことで、掃除をするとか雪かきをするとか、日常的なこまごまとした用事を片づけることだった。そういう役に立つ仕事をする人物が、なぜハルムスの作品では怪しい雰囲気の中で登場するのだろうか。

ソ連（それも特にスターリン体制下のソ連）では、管理人や門番は秘密警察と深く結びついた存在で、一種の監視カメラの役割を果たしていた。つまり、建物の中に出入りする人物を二十四時間体制でチェックし、建物の中やその周囲で何が起きているかを常に見張っていたのである。そういう存在に対して、ハルムスはほとんど本能的と言ってもいいような恐怖心を抱いていた。スターリン時代、人々は互いに過度に監視し合い、ソ連は一種の警察国家になっていた。ジョージ・オーウェルの小説

『一九八四年』そのものの世界だったのである。普通でないこと、珍しいこと、目立っていることに対する不安は、しばしばグロテスクな形をとって現れた。人々は至るところに外国のスパイの影を感じ取ったが、実際にはソ連国内には外国人はほとんど存在していないに等しかったし、一般庶民は外国人というものを見たこともなかったのである。ハルムスと同時代の作家ブルガーコフはソ連人の外国人嫌悪をからかい、その代表作『巨匠とマルガリータ』(一九二九―一九四〇)に悪魔を外国人として登場させて、その姿を次のように描いている。

口が少しゆがんでいる。ひげはきれいに剃り上げてあった。褐色の髪。右眼は黒くて左眼は緑色だった。眉は黒く、片方がもう片方よりいくらか上の方にある。要するに外国人だ。

外国人に対する不安と不信感はソ連末期まで残った。ソ連を旅行したことのある人なら、ホテルの各フロアに「デジュールナヤ」と呼ばれる女性がいたことを覚えているだろう。彼女たちは廊下の奥に陣取って、宿泊客の動きを常に監視していた。とは言え、外国人とスパイを結びつけるやり方には、人々も次第に滑稽なものを感じ始め、次のような小話にまでなっている。

田舎の小さな村によそ者がやって来て、おじいさんに道を尋ねた。「お前にゃ教えてやらんよ、アメリカのスパイめ」よそ者は驚いて訊き返した。「どうして私がアメリカのスパイだとわかったのかね？」おじいさんは言った。「うちの村にゃ黒人はおらんわ」

ハルムスが作品の中で繰り返し描いた管理人や門番は、結局彼の実際の人生においても決定的な瞬間に登場することになる。友人の証言によると、アパートの管理人が彼のところにやって来て、ちょっと下まで来てくれと言ったのが、人々が彼の姿を目にする最後となったのだった。

アブラム・デミヤノヴィチ・ポントパソフは大きな声であっと叫んで、ハンカチで眼を押さえた。でも、もう遅かった。灰と柔らかいほこりが眼をふさいでしまったのである。このときからアブラム・デミヤノヴィチの眼は痛み始め、しだいに醜いかさぶたでふさがれて、アブラム・デミヤノヴィチは盲目になってしまった。

目が不自由になったアブラム・デミヤノヴィチは職場から追い出され、一か月あたり三十六ルーブルという微々たる金額の年金を受け取ることになった。当然のことながら、こんな金額ではアブラム・デミヤノヴィチは生活できなかった。パンは一キロで一ルーブル十コペイカだったし、市場で葱を買うと四十五コペイカになった。

こうしてこの盲人は密かにゴミ溜めに通うようになった。

この盲目の男にとって困難だったのは、廃棄物と汚物の中から、それでもなんとか食べられるゴミを探し出すことだった。

それに、知らない人の家の中庭のどこにゴミ溜めがあるのかを見つけること自体、彼には困難だったのである。眼で見ることはできないのだし、「お宅のゴミ溜めはどちらでしょう？」と尋ねるのは、何となく気恥ずかしかったからだ。

残る手立ては、臭いをかぐことだけだった。

何キロも先から臭ってくるゴミ溜めもあったが、ふたがついているせいで、まず見つけられないゴミ溜めもあった。

門番が親切な男ならいいが、彼をたたき出すような門番がいると、食欲もすっかり失せてしまった。

ある日アブラム・デミヤノヴィチは他人のゴミ溜めに忍び込んだが、ネズミに噛まれて退散した。結局この日、彼は何も食べ物にありつくことができなかった。

ところがある朝、アブラム・デミヤノヴィチの右眼から何かが飛び去った。

アブラム・デミヤノヴィチが右眼をこすると、突然光が見えた。すると左眼からも何かが飛び去って、アブラム・デミヤノヴィチの眼は再び見えるようになったのである。

この日からアブラム・デミヤノヴィチの人生は右肩上がりになった。

アブラム・デミヤノヴィチはどこでもひっぱりだこで、重工業省にいたっては下にも置かぬ厚遇ぶりだった。

こうしてアブラム・デミヤノヴィチは偉い人になった。

История (1935)

〈ひとりの男が干しエンドウばかり食べているのに飽きて…〉

ひとりの男が干しエンドウばかり食べているのに飽きて、大きな食料品店に出かけて、何か別の食べ物、何か魚っぽいものとか、ソーセージっぽいものとか、それどころか乳製品っぽいものまで探してみようと思った。

ソーセージ売り場には、興味深いものがたくさんあった。最も興味深かったのは、もちろんハムだった。しかし、ハムは十八ルーブルもして、高すぎた。値段的にはソーセージだったら大丈夫だった。赤くて、濃い灰色の斑点がついていた。けれどもそのソーセージは、なぜかチーズのにおいがした。店員自身が、それは買わない方がいい、と言ったくらいだった。

魚売り場には何もなかった。と言うのも、魚売り場はかつてワイン売り場だったところに一時的に移転していたからだった。ワイン売り場は菓子売り場に移転しており、菓子売り場は乳製品売り場に移転していた。乳製品売り場の店員は鼻がとても大きくて、お客が丸天井の下に身を寄せ合って、売り場カウンターまで行くのを怖がるほどだった。

それでこの話の主人公は、店の中を歩き回った挙句に外の通りに出た。

この話の冒頭に登場した男には、わざわざ描写に値するほどの特徴はなかった。彼はほどほどにやせていて、ほどほどほどに貧しく、ほどほどに怠惰だった。どんな服装をしていたか、私には思い出せない。覚えているのは、彼が茶色っぽいものを身につけていたということだ。ズボンだったかもしれないし、上着だったかもしれないし、ネクタイだったかもしれない。名前はイヴァン・ヤーコヴレヴィチだったような気がする。

イヴァン・ヤーコヴレヴィチは食料品店を出て、家に帰った。家に帰ると、イヴァン・ヤーコヴレヴィチは帽子を脱ぎ、ソファに腰を下ろし、刻み煙草を紙で巻いてそれをシガレットホルダーに差し込み、マッチで火をつけて最後まで吸い、もう一本煙草を巻いて火をつけ、立ち上がって帽子をかぶり、外に出た。

吹けば飛ぶような惨めな生活に飽き飽きしていた彼は、エルミタージュの方へ向かった。

フォンタンカ川まで来たとき、イヴァン・ヤーコヴレヴィチは立ち止まり、Uターンしようとしたが、突然、他の通行人に対して決まりが悪いように感じた。彼らはきっと振り向いて、彼の方を見るだろう。ひたすらまっすぐ歩いていた男が急にくるりと向きを変えて、もと来た道を戻ろうとするのだから。通行人というものは、そういう人のことをじっと見るものなのだ。

イヴァン・ヤーコヴレヴィチが通りの角に立つと、向かいには薬局があった。なぜ自分が立ち止まったのかを通行人にアピールするために、イヴァン・ヤーコヴレヴィチは番地を探しているふりをした。家々を眺めながら、彼はフォンタンカ川に沿って何歩か歩いた。それから後戻りして、自分でも何がしたいのかわからないまま、薬局に入っていった。

薬局には人がたくさんいた。イヴァン・ヤーコヴレヴィチは人込みを押し分けてカウンターまで行こうとしたが、押し返された。それから彼は、香水やオーデコロンの入ったいろいろな小瓶がさまざまな形で飾られているガラスケースを見た。

イヴァン・ヤーコヴレヴィチがその他に何をしたか、わざわざ描写するまでもない。と言うのも、彼のやったことはすべて、取るに足りない惨めなものばかりだったからである。重要なのは、彼がエルミタージュにはたどり着かず、六時に家に帰ったということだけだ。

家で彼は立て続けに四本煙草を吸い、ソファに寝そべって壁の方を向き、眠ろうとした。だが、イヴァン・ヤーコヴレヴィチは煙草を吸い過ぎたようで、心臓が大きな音を立てて鼓動したため、眠気など消し飛んでしまった。

イヴァン・ヤーコヴレヴィチはソファに起き直り、足を床に下ろした。

こんなふうにして、イヴァン・ヤーコヴレヴィチは八時半まですわっていた。

「もしも私が若くて美しい女性に恋をしたら」とイヴァン・ヤーコヴレヴィチは言ったが、すぐに片手で口を押えて目を大きく見開いた。

「若くてブルネットの」とイヴァン・ヤーコヴレヴィチは、手を口から離しながら言った。

「今日通りで会ったような女性に恋をしたら」

イヴァン・ヤーコヴレヴィチは煙草を巻いて、吸い始めた。

廊下で三回呼び鈴が鳴った。

「うちにお客だ」とイヴァン・ヤーコヴレヴィチは、ソファにすわったまま、煙草を吸いながら言った。

〈Один человек, не желая более питаться сушеным горошком...〉(1937)

〈みんなお金が好きだ〉

　みんなお金が好きだ。みんなお金をなでたり、キスしたり、胸に押しあてたり、きれいな端切れで包んで、まるで人形のようにあやしたりする。紙幣を額縁に入れて壁に飾り、イコンのように拝んだりする人もいる。お金にエサをやる人もいる。お金の口を大きく開けさせて、そこに自分たちの食べ物の、一番脂ののったところを押し込んでやる。暑いときにはお金を涼しい地下室に運ぶ。厳しい寒さの冬にはペチカの火の中に投げ込む。お金と話をする人もいるし、おもしろい本を読んで聞かせる人も、気持ちのいい歌を歌ってやる人もいる。けれども私は、お金には特に注意を払わない。ただ財布や札入れに入れて持ち歩き、必要なときにはそれを使う。ハレルヤ！

〈Все люди любят деньги〉(1940)

朝

そう、今日私は犬の夢を見た。犬は石をなめて川岸へ行き、水の中をのぞき込んだ。

犬は何かを見たのだろうか？

なぜ犬は水の中をのぞき込んだのだろう？

私は煙草に火をつけた。あと二本しかない。

これを吸ってしまったら、もう煙草はなくなってしまう。

金も持っていない。

今日はどこで昼飯を食べようか？

朝は紅茶を飲めばいい。砂糖もあるし、パンもある。けれども煙草はなくなってしまう。

昼飯を食べるあてもない。

すぐに起きなくては。もう二時半だ。

私は二本目の煙草に火をつけ、今日はどこで昼飯を食べようかと考え始めた。フォマは七時に記者クラブで食事をする。七時きっかりに記者クラブへ行けば、フォマに会ってこう言うこともできるだろう。「ねえ、フォマ・アントーヌィチ、ぼくに飯をおごってくれないか。今日金が入るはずだったんだが、銀行にちゃんと振り込まれていなくてね」十ルーブルくらいなら、教授に借金することもできる。けれども、教授はきっとこう言うだろう。「何をおっしゃいますやら。あなたに借りがあるのは、私の方ですよ。それなのに、あなたの方が借金したいとおっしゃるなんて。でも今日は十ルーブルの持ち合わせがないんです。三ルーブルならお貸しできますけどね」いや、そうではなく、教授はきっとこう言うだろう。「それが今、一コペイカも持ち合わせがないんですよ」いや、そうじゃなくて、きっとこう言うだろう。「はい、一ルーブルお貸ししましょう。これ以上はだめです。マッチでも買いに行きなさいよ」

私は煙草を一本吸い終わり、服を着始めた。

ヴォロージャが電話をかけてきた。タチヤナ・アレクサンドロヴナが私のことを話題にして、天才か馬鹿かわからない、と言ったと伝えた。

私はブーツをはいた。右の靴底がはがれていた。

今日は日曜日だ。

私はリティヌィ大通りを歩いて、本屋の前を通りかかった。昨日私は奇跡が起きてほしいと祈った。そうだ、今ここで奇跡が起きてくれたら。

雪混じりの雨が降り始めた。私は本屋の前で立ち止まり、ショーウインドウを眺めた。十冊の本のタイトルを読んだが、それが何だったか、すぐに忘れてしまった。

私はズボンのポケットに手を突っ込んだが、すぐさま煙草がもう切れていることを思い出した。

私は、武士は食わねど高楊枝、といった顔つきをして、ステッキを突きながら急いでネフスキー大通りの方へ行った。

ネフスキー大通りの角にある家は、趣味の悪い黄色に塗られている最中だった。私は歩道から車道へと下りた。向かいからやって来た通行人が私を小突いた。みんな田舎から出てきたばかりで、まだ道の歩き方を知らない。彼らの顔は汚れた服と区別できないほどだ。

彼らはあちこちうろつき回り、うなり声を上げながらぶつかってくる。

田舎者同士が偶然ぶつかり合ったときには、「すみません」とは言わないで、お互いに大声でののしり合っている。

ネフスキー大通りの歩道はとても混雑しているが、車道の方はかなりすいている。ときどきトラックと汚い自家用車が走っていく。

路面電車は満員だ。人々はステップの手すりにぶら下がっている。路面電車の中には罵声が充満している。みんなお互いに「お前」と呼び合い、扉が開くと生暖かくて臭い空気が外に出てくる。人々は走っている路面電車から飛び降りたり、飛び乗ったりしている。だが、後ろ向きに飛び降りたり、飛び乗ったりすることはまだできないようだ。路面電車から人が落ちて、悲鳴とともに車輪の下敷きになってしまうこともよくある。巡査たちは警笛を鳴らし、路面電車を止めて、走っている路面電車に飛び乗ろうとした人から罰金を徴収する。けれども、路面電車がまた走り始めるや否や、別の人たちがやって来て、手すりを左手でつかみながら電車に飛び乗ってしまう。

今日私は午後二時に目が覚めた。起きる気力がわかなかったので、三時までベッドの中にいた。夢のことを考えていた。なぜ犬は川をのぞき込んだのだろう。そして何を見たのだろう。私は夢についてじっくり考えてみることがとても重要なのだと思い込んでいた。けれども、私は夢がこの先どうなったのか、思い出すことができなかった。それで他のことを考え始めた。

昨日の晩、私は机に向かってすわり、次から次へと煙草を吸った。目の前には、何か書きつけるための紙が置いてあった。しかし、何を書けばいいのかわからなかった。詩を書けばいいのか、短篇小説を書けばいいのか、それとも随筆にすればいいのかということすら、私にはわからなかった。それで何も書かずに寝た。けれども、長い時間は眠れなかった。何を書けばいいのかが気になったのだ。頭の中で言語芸術のありとあらゆる形式をリストアップしてみた。が、私は自分にぴったりくる形式を見つけることができなかった。自分が書かなければならないのはたったの一語なのかもしれないし、ひょっとしたら本一冊分になるのかもしれなかった。私は神に、奇跡を起こしてください、私に書くべきことがわかるようにしてください、と祈った。私は煙草が吸いたくなった。煙草はもう四本しかなかった。明日のために少なくとも二本、いや、三本は残しておきたかった。

私はベッドにすわって、煙草に火をつけた。

私は神に奇跡を祈った。

そうとも、奇跡が必要なんだ。どんな奇跡でもいいから。

私はランプを灯し、あたりを見回した。何も変わっていなかった。

部屋の中が変わる必要はないのだ。

変わるのは私の中の何かでなければならない。

私は時計を見た。三時七分だった。つまり、少なくとも十一時半までは眠らなければならない、ということだ。早く寝よう！

私はランプを消して、ベッドに横になった。

いや、私は左を向いて寝なければならない。

私は左側を向いて横になり、眠りかけた。

私が窓から外を見ると、門番が庭を掃いていた。

私は門番の隣に立ち、こう言った。「何かものを書く前には、書くべき言葉がわかっていなければならない」

私の脚の上で蚤がぴょんぴょん跳ねていた。

私は目をつむって枕の上にうつぶせになり、眠ろうとした。けれども、蚤がぴょんぴょん跳ねるのを感じて、神経がそこに集中する。身動きすれば、眠りが私のもとを去ってしまう。

けれどもそこで、私は腕を上げて、指で額にさわってみなければならなくなった。私は腕を上げて、指で額にさわってみた。それで眠りが私のもとを去ってしまった。

私は右の方へ寝返りを打ちたかった。が、私は左側を向いて寝なければならないのだ。

蚤は今や、背中を歩き回っていた。今に咬むに違いない。

私は、「おお、おお」と声を出した。

目を閉じたまま、私は蚤がシーツの上を跳ね回ってしわの中に入っていき、子犬のように行儀よくすわったのを見た。

私は自分の部屋全体を見た。横からでも、上からでもなく、同時にすべての面から見たのである。部屋の中の物は全部オレンジ色をしていた。

私は眠り込むことができなかった。私は何も考えないようにした。けれども、何も考えないことは不可能である、ということを思い出して、少なくともあまり集中してものを考えないようにしようと思った。どんな考えでも、勝手に思い浮かぶがままにしておけばいい。そこで思い浮かんだのが、巨大なスプーンのことだった。それで、ひとりのタタール人についての寓話を思い出した。そのタタール人はフルーツ・スープの夢を見たのだが、夢の中にスプーンを持って行くのを忘れたのである。それからそのタタール人は、今度はスプーンの夢を見たのだが、忘れてしまったのだ……　忘れて……　忘れて……　忘れたのは私だ、私こそ何を考えていたのか忘れてしまったのだ。私はひょっとして、もう眠っているのだろうか？　試しに私は目を開けてみた。

それで私は目が覚めた。ああ、なんて残念なんだろう。私はもうほとんど眠りかけていたのだ。自分は眠りをとても必要としているということを忘れていたのだ。私はもう一度眠ろうと努力しなければならない。こんなに骨を折ったのに、全部無駄になってしまったのだ。

私はあくびをした。

私は眠るのが面倒になってきた。

私は目の前にペチカがあるのを見た。暗がりの中で、ペチカは暗い緑色に見えた。私は目を閉じた。が、ペチカのことは見続けた。ペチカはすっかり暗い緑色になっていた。部屋中の物がすべて暗い緑色になっていた。私の目は閉じられていたが、私は目を開けることなく、まばたきをした。

「私が思うに、人間は目を閉じたまま、まばたきをし続けるものだ。眠っている人だけがまばたきをしない」

私は自分の部屋と、ベッドに横になっている自分自身を見た。私はほとんど頭まですっぽり掛け布団におおわれていた。顔がほんの少し布団から出ているだけだった。

部屋にあるすべての物が灰色がかっていた。

それは本当の色ではなく、色を暗示しているにすぎなかった。物はいわば灰色に下塗りされていたのだ。本来の色は奪われていた。テーブルに掛かっているクロスは灰色に見えるが、それが本当は青いということが見て取れた。鉛筆も灰色だが、本当は黄色なのだ。
「眠ったな」という声を私は聞いた。

Утро（1931）

実生活でのハルムス

二十歳前後で芸術家仲間とともに実験的なパフォーマンスを試みるようになったとき、ハルムスは前衛的なパフォーマンスを舞台上だけでなく、実生活の中でも繰り広げ、それが彼の生涯変わらぬライフ・スタイルになった。ハルムスは言動がエキセントリックだったのみならず、服装もいつもとても目立っていて、ニッカーボッカーにハイソックスをはき、パイプをくわえて帽子をかぶり（これは日によってシルクハットになったり鳥打帽になったりした）、ステッキを手に派手なジャケットを着て、懐中時計の鎖をじゃらつかせていた。革命直後のペテルブルクに住んでいた人々の大多数は、農村から出てきたばかりの田舎者で、ファッションの感覚などゼロに等しかったから、ハルムスがこのいでたちで街を歩くと、人々はあきれたり笑ったりし、子どもたちはハルムスの後をついて歩いて、ののしったり石を投げたりした。ハルムスの服装は単に外見の問題ではなく、彼の人生に対する態度の表れだった。つまりハルムスは、自分の人生をパフォーマンスとして演じてみせることで、残酷な現実に距離をとっていたのである。まともに向き合ったのでは惨めな敗北しか待ち受けていない人生に振り回されないためには、道化として振る舞うのが一番だったのだ。

　一九三〇年代に作家活動を禁止され、収入を断たれてほとんど飢え死にしかかっても、ハルムスは相変わらずの服装で街を歩いたため、四〇年代になって独ソ戦が始まったときには、しばしばドイツのスパイと間違われて尋問を受ける羽目に陥った。そのたびに友人たちが警察に出向いて、彼がスパイではないことを証言しなければならなかったのだが、ハルムスにとってエキセントリックなスタイルは、自分らしさを失わないためにどうしても必要なものだったので、彼はこれを決してやめようとはしなかった。

　一九七〇年代以降のソ連でハルムスの作品が密かに回し読みされるようになったとき、若い芸術家や知識人の多くが彼のライフ・スタイルをまねた。やはり受け入れがたい現実のもとに苦しんでいた彼らにとって、ハルムスはカリスマ的な存在になっていたのである。

〈午後二時にネフスキー大通りで…〉

午後二時にネフスキー大通りで、いや、正確に言うと十月二十五日大通りで、特に何事も起きなかった。いやいや、コロセウム映画館のところにいる男は、偶然立ち止まっただけなのだ。ひょっとしたら靴紐がほどけたのかもしれないし、煙草を吸いたかったのかもしれない。いやそうじゃない、全然違うかもしれないぞ！　彼はよその土地から出てきたので、どこに行けばいいのかわからないだけなのだ。でも、彼の荷物はどこだろう？　いや、ちょっと待て、彼はなぜか頭を上げて、三階か四階か、それどころか五階の方を見ようとしているぞ。いや、彼はくしゃみをしただけで、また歩き始めた。彼は少し猫背で、肩をすくめている。彼の緑色のコートは風でひるがえっている。彼はナデジュディンスカヤ通りの方に曲がっていき、角の向こうに姿を消した。

中東出身の靴磨きが彼の後ろ姿を見送って、手で漆黒の見事な口ひげをなでた。

靴磨きのコートは長くてしっかりした生地でできており、藤色で、チェックだったかもしれないし、縞模様だったかもしれないし、ええい、くそったれめ、水玉模様だったかもしれない。

〈В 2 часа дня на Невском проспекте…〉(1931)

騎士

アレクセイ・アレクセーエヴィチ・アレクセーエフは本物の騎士だった。たとえばあるとき、ひとりの婦人が歩道の縁石につまずいて、手提げからガラス製のランプシェードを落とし、粉々にしてしまったのを、路面電車の中から見た。彼はその婦人を助けたい一心で、おのれを犠牲にする決心をした。それで疾走している路面電車から飛び降りて転び、石で顔面をずたずたにしてしまった。またあるときには、ひとりの婦人が柵をよじ登っていて釘にスカートを引っ掛け、柵の上に馬乗りになったまま、前にも後ろにも動けない状態になっているのを見て、アレクセイ・アレクセーエヴィチは興奮のあまり舌で前歯を二本へし折ってしまった。要するに、アレクセイ・アレクセーエヴィチは正真正銘の騎士だったのである。それもご婦人方に対してだけではなかった。前代未聞の身軽さで、アレクセイ・アレクセーエヴィチは自分の命を信仰やツァーリや祖国のために犠牲にすることができたのである。それを彼は一九一四年、ドイツとの戦争が勃発したときに証明してみせた。彼は「祖国のために！」と叫んで、三階の窓から通りに向かって飛び降りたのである。アレクセイ・アレクセーエヴィチは奇跡的に助かり、軽い打撲だけで済んだ。その後、まれに見る熱烈な愛国者として、彼は前線に送られることになった。

　前線ではアレクセイ・アレクセーエヴィチは、前代未聞の崇高な感情で際立っていた。彼が「旗」とか「ファンファーレ」とか、ただ単に「肩章」といった言葉を口にするたびに、感動の涙が頬を伝った。

　一九一六年にアレクセイ・アレクセーエヴィチは臀部を負傷し、前線を離れた。

　第一級の傷痍軍人としてアレクセイ・アレクセーエヴィチは免職された。彼は自由な時間を使って、自分の愛国心に満ちた感情を紙に書いた。

　ある日、コンスタンチン・レベジェフと話をしていたときに、アレクセイ・アレクセーエヴィチは「私は祖国のために苦しみ、臀部に大きな傷を負ったが、後部潜在意識の確信力によって生きながらえているのだ」というお気に入りの文句を口にした。

「あほか」とコンスタンチン・レベジェフは彼に向かって言った。「祖国に対して最もすぐれた仕事を成し遂げることができるのは自由主義者だけだ」

なぜかはわからないが、この言葉はアレクセイ・アレクセーエヴィチの心に深く沁み込んだ。そして一九一七年にはもう彼は、祖国のために臀部を犠牲にした自由主義者を名乗った。
革命のせいで年金がもらえなくなったにもかかわらず、アレクセイ・アレクセーエヴィチは革命に感激した。しばらくの間はコンスタンチン・レベジェフが彼のために、砂糖やチョコレートやベーコンの缶詰やキビを手に入れてやった。けれどもコンスタンチン・レベジェフがある日突然、どこへ行ってしまったものやら、姿を消してしまったので、アレクセイ・アレクセーエヴィチは通りで物乞いをしなければならなくなってしまった。初めの頃、アレクセイ・アレクセーエヴィチは手を差し伸べて、「祖国のために臀部を犠牲にした者にお恵みを」と言っていた。けれども、これではうまくいかなかった。それでアレクセイ・アレクセーエヴィチは「祖国」という言葉を「革命」に変えた。けれども、それでもうまくいかなかった。それでアレクセイ・アレクセーエヴィチは革命の歌を作曲した。そして、アレクセイ・アレクセーエヴィチの目には恵んでくれそうに映る人を通りで見かけると、一歩足を踏み出して誇らしげに頭をそらせ、歌い始めた。

バリケードに

みんなで行こう！
自由のために
我々はみなボロボロになって死のう！

そして威勢よくポーランド風にかかとを鳴らし、アレクセイ・アレクセーエヴィチは帽子を差し出して「どうぞお恵みを」と言った。これはうまくいった。それでアレクセイ・アレクセーエヴィチは、食べるものがないということはほとんどなかった。

何もかもうまくいっていた。一九二二年にアレクセイ・アレクセーエヴィチは、センノイ市場でひまわり油を売っていたイヴァン・イヴァノヴィチ・プズィリョフとかいう男と知り合った。プズィリョフはアレクセイ・アレクセーエヴィチを喫茶店に誘い、本物のコーヒーをおごり、自分はケーキをむしゃむしゃ食べて、何やら複雑な計画の話をした。アレクセイ・アレクセーエヴィチに理解できたのは、自分もその計画のために何かしなければならないということと、その代わりにプズィリョフからとてもすばらしい食べ物がもらえるということだけだった。アレクセイ・アレクセーエヴィチは了承し、プズィリョフはすぐに報酬として、紅茶二包みと「ラジャ」という銘柄の煙草を一箱、テーブルの下でこっそりと渡した。

この日からアレクセイ・アレクセーエヴィチは毎朝、市場にいるプズィリョフのところへ行って、彼から怪しげなサインと無数のスタンプが押してある紙切れをもらい、冬にはそりを、夏には荷車を使って、プズィリョフの指示通りにさまざまな役所に出かけ、紙切れを見せて何かの箱をもらい、その箱をそりか荷車に載せ、夕方にプズィリョフの家まで運んだ。ある日、アレクセイ・アレクセーエヴィチがそりをプズィリョフの家まで運んだとき、二人の男が近づいてきた。ひとりは軍のコートを着ており、その男が彼に尋ねた。「あなたの名前はアレクセーエフですか?」それから彼らはアレクセイ・アレクセーエヴィチを車に乗せて、留置所に連れていった。

尋問されている間、アレクセイ・アレクセーエヴィチは何も理解できず、ただ自分は革命的祖国のために苦しんだと繰り返すだけだった。それにもかかわらず、彼は十年間の刑に処せられ、祖国の北方に追放されることになった。一九二八年にレニングラードに戻ってきたとき、アレクセイ・アレクセーエヴィチはまた昔の稼業についた。彼はヴォロダルスキー通りの角に立ち、誇らしげに頭をそらせ、かかとを鳴らして歌を歌った。

バリケードに

みんなで行こう！
自由のために
我々はみなボロボロになって死のう！

この歌を二度歌うか歌わないかのうちに、彼は窓のない車に入れられて、どこか海軍工廠の方角へ連れ去られた。その後、彼の姿を見た者はいなかった。

これが勇敢な騎士であり愛国者であったアレクセイ・アレクセーエヴィチ・アレクセーエフの一生を短くまとめた話である。

Рыцарь（1934–1936）

〈イヴァン・ヤーコヴレヴィチ・ボーボフは……〉

イヴァン・ヤーコヴレヴィチ・ボーボフはとてもいい気持ちで目覚めた。彼がふとんの下から顔を出すと、すぐに天井が目に入った。天井には、ふちが緑がかった大きな灰色のシミが、模様のように広がっていた。このシミをじっくり眺めると——しかも片目で——このシミは荷車につながれた犀に似ていた。このシミはそれよりも、巨人がまたがった路面電車にもっと似ていると主張する者もいた。もっとも、このシミは町のシルエットのようにも見えた。イヴァン・ヤーコヴレヴィチは天井を見たが、見たのはシミのある部分ではなかった。どこを見たのかはよくわからなかったが。彼はにっこりして、目を細めた。それから目をぱっちり開けて眉を高く上げたので、額がアコーディオンのように縮まった。イヴァン・ヤーコヴレヴィチがまた眉を下げなかったら、額は消えてなくなるほどだった。それから彼は何かを恥じるかのように、ふとんを頭までかぶってしまった。それがあまりにも素早かったので、ふとんのもう一方の端からはだしの足が出た。するとすぐに、その左足の親指にハエがとまった。イヴァン・ヤーコヴレヴィチが親指を動かしたので、ハエは親指を離れてかかとにとまった。それからイヴァン・ヤーコヴレヴィチは両足でふとんをつかんだ。片方の足でふとんを下からひっかけて、もう片方の足をねじって上からふとんを押さえつけたのである。彼はこのようなやり方で、ふとんを頭から引っぱり下ろした。「シシュ」とイヴァン・ヤーコヴレヴィチは言って、頰をふくらませた。イヴァン・ヤーコヴレヴィチは普段から、何かがとてもうまくいったり、逆に全然うまくいかなかったりすると、「シシュ」と言う癖があった。もちろん大きな声で言うのではないし、誰かに聞かせようとして言うのでもない。そうではなくて、自分に向かって言うのである。それで「シシュ」と言ってからイヴァン・ヤーコヴレヴィチはベッドにすわり、手をズボンやシャツやその他の服がかけてある椅子の方に伸ばした。

イヴァン・ヤーコヴレヴィチは縞の入ったズボンをはくのが好きだった。けれども、縞模様のズボンは本当にどこに行っても手に入らなかったのである。イヴァン・ヤーコヴレヴィチはレニングラード服飾店にも行ったし、ウニヴェルマーク百貨店にも行ったし、パサージュにも行ったし、ゴスチーヌィ・ドヴォールにも行ったし、ペトログラード・サイドの店も全部見て回った。郊外のオフタの方にまで行ってみたが、縞模様のズボンはどこにもなかった。イヴァン・ヤーコヴレヴィチの古いズボンはもうはけないほどすり切れていた。イヴァン・ヤーコヴレヴィチはそのズボンを何度も繕ったのだが、しまいにはもう繕うことすらできなくなってしまった。イヴァン・ヤーコヴレヴィチはもう一度すべての店を見て回ったが、今回も縞模様のズボンはどこにもなかったので、とうとうあきらめて格子柄のズボンを買うことにした。けれども格子柄のズボンもないことがわかった。それでイヴァン・ヤーコヴレヴィチは灰色のズボンを買うことにした。けれども灰色のズボンもどこにもなかった。イヴァン・ヤーコヴレヴィチの身長に合う黒いズボンもなかった。それでイヴァン・ヤーコヴレヴィチは紺色のズボンを買いに出かけた。しかし彼が黒いズボンを探している間に、紺色のズボンも茶色のズボンも消えてしまっていた。それでイヴァン・ヤーコヴレヴィチは結局、黄色の水玉模様のついた緑色のズボンを買わなければならなくなってしまった。店の中ではイヴァン・ヤーコヴレヴィチは、そのズボンがそんなにはけばけばしいとは思わなかったし、黄色の水玉模様も目を刺すようだとは思わなかった。けれども家に帰ってくると、ズボンの片方の脚の部分はエレガントな色合いと言えなくもなかったが、その代わりにもう片方はただの青緑で、黄色の水玉模様がやけに目立っているということがわかった。イヴァン・ヤーコヴレヴィチはズボンを裏返してみたが、裏側は両方ともどちらかと言えば黄色地に緑色の水玉模様になっているように見えた。それがとても滑稽に見えたので、映画の上映の後でそのズボンを舞台の上に持ち出せば、それだけで観客が三十分は大笑いしてくれるだろうと思われた。二日間ものあいだ、イヴァン・ヤーコヴレヴィチは新しいズボンをはくのをためらっていた。けれども古いズボンはあまりにボロボロで、遠くから見てもズボン下も修繕が必要だとわかるくらいになっていたので、新しいズボンをはかざるを得なくなった。

新しいズボンをはいて初めて外出したとき、イヴァン・ヤーコヴレヴィチはとても用心していた。玄関から出るとき、彼は左右を見て、近くに誰もいないことを確認してから通りを歩き始め、急ぎ足で職場の方へ向かった。彼が最初に出会ったのは、頭の上に大きなかごをのせたりんご売りの男だった。りんご売りはイヴァン・ヤーコヴレヴィチを見ても何も言わなかった。イヴァン・ヤーコヴレヴィチが通り過ぎてからりんご売りは立ち止まり、かごのせいで振り向くことができなかったので、ぐるりと体ごと向きを変えてイヴァン・ヤーコヴレヴィチの後ろ姿を見た。もしもかごがなかったら、りんご売りは頭を振ったことだろう。イヴァン・ヤーコヴレヴィチは元気よく進んで行きながら、りんご売りとの出会いは吉兆だと思った。彼はりんご売りの大がかりな動きを見ていなかったのである。彼はズボンはあまり目立っていないと思って、ほっとしていた。すると今度は、イヴァン・ヤーコヴレヴィチの方にまっすぐ向かって、彼と同じような勤め人がかばんを小脇に抱えて歩いてきた。勤め人はきょろきょろしたりしないで、自分の足元を見ながら早足で歩いていた。すれ違うときに勤め人はイヴァン・ヤーコヴレヴィチのズボンをちらっと見て、立ち止まった。イヴァン・ヤーコヴレヴィチも立ち止まった。勤め人はイヴァン・ヤーコヴレヴィチの顔を見、イヴァン・ヤーコヴレヴィチも勤め人の顔を見た。

「すみません」と勤め人は言った。「恐れ入りますが、どう行けばいいか教えていただけませんか、あの…… 国立の…… 取引所へ行きたいんですけど」

「この通りを行って…… 橋を渡って…… いや、こう行って、こう行ってください」とイヴァン・ヤーコヴレヴィチは言った。

勤め人はお礼を言い、急ぎ足で立ち去った。イヴァン・ヤーコヴレヴィチは二、三歩歩いたが、今度は男性ではなく、女性の勤め人がこちらに向かっているのに気がついて、下を向いて反対側の歩道に走って移動した。イヴァン・ヤーコヴレヴィチは遅刻して職場に到着し、腹を立てていた。彼の同僚たちは左右の色合いが違う緑色のズボンにもちろん注目したが、これこそがイヴァン・ヤーコヴレヴィチの腹立ちの原因だということを察して、あれこれ尋ねて彼をうるさがらせたりはしなかった。イヴァン・ヤーコヴレヴィチは緑色のズボンをいやいやはいていたが、二週間も経つと、同僚のひとりでアポロン・マクシーモヴィチ・シーロフという男が、自分の縞模様のズボンを買わないか、と申し出た。アポロン・マクシーモヴィチが言うには、自分には必要ないから、ということだった。

〈Иван Яковлевич Бобов…〉(1934–1937)

デフィツィット

この話の主人公はズボンを探し求めるが、ろくなズボンが手に入らない。なぜ店にまともなズボンが置いてないのかというと、ソ連時代には物不足が日常茶飯事だったからである。「デフィツィット（品薄）」という単語はソ連時代のキーワードのひとつだった。社会主義経済体制のもとではすべてが国有化され、民間経営の店舗は存在しなかったので、店の売り上げが給与に反映するわけではなく、店で働いている人にとってはお客のニーズなどどうでもよかったのである。

ソ連の経済は、需要と供給のバランスの上には成り立っていない計画経済だった。五ヵ年計画に基づいて、宇宙ロケットからボールペンまで、五年分の生産をあらかじめ計画してしまうのである。いつの時代、どこの国においても、計画通りに物事が進むことは稀である。五年間のうちに、あるものは足りなくなってくるし、あるものは余ってしまう。人々は物不足に対して非常に敏感になり、たとえばある店に電球がないとわかると、すぐにパニックになって別の店に行き、本当はひとつしかいらないのに、万一の場合に備えてふたつ買っておく。そのうちに「電球が足りないらしい」という噂が流れるようになる。人々が電球を買い漁り始めると、新聞に電球は十分にあるから心配しないように、という記事が載る。それを読むと人々は、わざわざこんなことが書いてあるくらいだから、やはり電球不足なのに違いないと考えて、ますますパニックになって電球を買い漁る、といった調子だったのである。

食料品不足も深刻だった。ハルムスの作品には店で買おうとするものが見つけられなかったり、ほしい物を手に入れるために長い行列に並んだりするお客の話がよく出てくる。困難な生活を強いられる困難な時代だったわけだが、だからこそ笑える小話がたくさん生まれた。

店のハム売り場に来たお客が尋ねた。「ハムを五百グラム計ってもらえますか」店員が答えた。
「ええ計りますよ。ハムを持ってきてくれればね」

ハルムスの超短篇がロシアで好まれているのは、自分たちのよく知っている困難な生活がユーモアたっぷりに描かれているからかもしれない。

おじいさんの死

あるおじいさんの鼻から小さな玉がころがり出て、地面に落ちた。おじいさんが玉を拾おうとかがんだ瞬間、眼から小さな木の棒が飛び出して、地面に落ちた。おじいさんは驚き、どうしていいかわからなくて、口をぱくぱくさせた。そのとき、おじいさんの口から小さな四角が飛び出した。おじいさんは手で口を押さえたが、その瞬間、おじいさんの袖口から小さなネズミが飛び出した。おじいさんは不安のあまり気分が悪くなり、倒れまいとしてしゃがみ込んだ。しかしそのとき、おじいさんの体の中でポキンと何かが折れる音がして、おじいさんはまるで柔らかいビロードのコートのようにふにゃふにゃと地面にくずおれた。その瞬間、ズボンの前あきから細くて長い枝が出てきた。その枝の先には小鳥がちょこんと止まっていた。おじいさんは叫ぼうとしたが、下あごと上あごがうまくかみ合わなくなって、叫ぶかわりに弱々しくしゃっくりをしただけで、片目を閉じてしまった。もう一方の目は開いていたが、まるで死人のように動かなくなり、輝きを失った。こんなふうにして陰険な死神は、自分の最期のときがいつ来るのか知らないおじいさんを捕らえたのだった。

Смерть старичка（1935–1936）

寓話

ある小柄な男が言った。「もう少し背が高くなるんだったら、どんな苦労にも耐えてみせるんだけれどなぁ」

そう言い終わったとたん、男の目の前に妖精が現れた。

「何がお望み？」と妖精は尋ねた。

小柄な男はその場に立ち尽くして、不安のあまり一言もしゃべれなかった。

「さあ、言ってごらんなさいよ」と妖精は言った。

小柄な男は立ったまま、何も言わなかった。妖精は姿を消した。

すると小柄な男は泣き始め、爪をかんだ。最初は手の爪をかみ、それから足の爪をかんだ。

＊　＊　＊

読者のみなさん、この寓話についてよく考えてみよう。きっと気分が悪くなるよ。

Басня（1935）

邪魔

プローニンが言った。

「すてきなストッキングですね」

イリーナ・マーゼルが言った。

「このストッキング、お気に召しまして？」

プローニンが言った。

「ええ、とても」

彼はそう言って、ストッキングをつかんだ。

イリーナが言った。

「なぜお気に召したのかしら？」

プローニンが言った。

「とても滑らかだから」

イリーナはスカートを持ち上げて言った。

「すごく長いのが、おわかりかしら?」

プローニンが言った。

「ええ、ええ、そうですね」

イリーナが言った。

「でもここまでしかないんですの。ここからは裸の脚になってしまいますわ」

「ああ、何という脚だろう!」

とプローニンが言った。

「私、脚が太くて」

とイリーナが言った。

「それに、お尻も大きいし」

「ちょっと見せて」

とプローニンが言った。

「だめ」

とイリーナが言った。

「ズロースをはいてないんですもの」

プローニンは彼女の前に跪《ひざまず》いた。

イリーナは言った。

「どうして跪いたりなさるの？」

プローニンはストッキングよりも少し上の方の、むき出しになっている脚にキスをして、言った。

「こうするために」

イリーナが言った。

「どうしてスカートをもっとめくったりなさるの？　ズロースをはいてないって申し上げたでしょ」

けれどもプローニンはスカートをたくし上げて、言った。

「構いません、構いません」

「何が構いませんの？」

とイリーナが言った。

けれどもそこで、誰かがドアをノックした。イリーナは急いでスカートを下ろし、プローニンは立ち上がって、窓際へ行った。

「どなた?」

とイリーナがドア越しに尋ねた。

「ドアを開けなさい」

と厳しい声が言った。イリーナはドアを開けた。ドアから入ってきたのは、黒いコートとひざまであるブーツを身につけた男だった。彼の後ろに銃を手にした兵卒が二人おり、その後ろには門番がいた。兵士たちはドアのそばに立ち、黒いコートを着た男はイリーナ・マーゼルに近づいて、言った。

「あなたの名前は?」

「マーゼルです」

とイリーナは答えた。

「あなたの名前は?」

と黒いコートの男はプローニンに尋ねた。

プローニンは言った。

「私の名前はプローニンです」

「武器を持っていますか?」

と黒いコートの男は尋ねた。

「いいえ」

とプローニンは言った。

「ここにすわりなさい」

と黒いコートの男はプローニンに椅子を示しながら言った。

プローニンはすわった。

「それで、あなたの方は」

と黒いコートの男はイリーナに向かって言った。

「コートを着てください。我々と一緒に来てもらいます」

「なぜでしょう?」

とイリーナは尋ねた。

黒いコートを着た男は答えなかった。

「私、着替えなければいけませんわ」

とイリーナは言った。

「だめです」

と黒いコートを着た男は言った。

「でも、身につけなければならないものがあるんです」

とイリーナは言った。

「だめです」

と黒いコートを着た男は言った。

イリーナは黙って毛皮のコートを着た。

「さよなら」

とイリーナはプローニンに言った。

「会話は禁止されています」

と黒いコートを着た男は言った。

「私もご一緒しなければいけないんでしょうか？」

とプローニンは尋ねた。

「ええ」

と黒いコートを着た男は言った。

「コートを着なさい」

プローニンは立ち上がり、コート掛けからコートと帽子を取って、それらを身につけてから言った。

「支度ができました」

「行きましょう」

と黒いコートを着た男は言った。

兵卒たちと門番は歩き始めた。みな廊下へ出た。

黒いコートを着た男はイリーナの部屋の鍵を閉め、ドアの二ヵ所に褐色の蠟で封印した。

「通りへ出なさい」

と彼は言った。

そして、玄関の扉をバタンと大きな音を立てて閉め、全員が家を出た。

Помеха（1940）

黒いコートを着た男

この短いエピソードは、一九三〇年代のソ連の状況を最も印象的に描き出した作品のひとつであり、ハルムスの身の上に何が起こるかを予言的に表現した作品でもある（この作品を書いた一年後には彼自身が逮捕された）。この作品に描かれているような逮捕劇は、当時ソ連国内の至る所で日常的に見られた。正確な数字は不明だが、三〇年代から四〇年代にかけて一千万から二千万もの人々が逮捕されたと言われている。

逮捕されるのはたいていまったく予期せぬ時間帯で、多くの場合は真夜中だった。まずアパートの近くに車の止まる音がする（この車は「黒いカラス」と呼ばれていた。カラスは屍をついばむからである）。車からは黒いコートを着た男が何人かの部下を連れて降りてくる。階段を上る足音が聞こえてきて、ひょっとしたら自分のところに来るのではないかという恐怖で人々は体をこわばらせる。それからドアをノックする音。よかった、うちではない。お隣さんだ。翌日、隣のドアは封印されている。だが、恐怖のあまり住人たちは誰もそのことを口にしない。誰かにどうしてもそのことを伝えなければならない場合は、「お隣さんは出張に出かけた」というような婉曲な表現をしたが、それで誰もが何が起きたかを理解した。

どんな人でも逮捕される可能性があった。最下層の人であろうと、党の中枢にいる幹部であろうと、逮捕されない保証はどこにもなかった。スターリンの死後トップの座に上り詰めたフルシチョフでさえ、毎晩寝る前にピストルを枕の下に入れていたことを回想している。それはもちろん防衛のためではなく、逮捕される前に自殺するためだった。フルシチョフは逮捕された人々がどんな目にあうか、よく知っていたのである。

けれども、ハルムスの書いたこのエピソードは、三〇年代の粛清の嵐以上のものを表現している。黒いコートを着た男による突然の逮捕という状況は、この世に生きる人間の存在そのものをも象徴しているのである。いつ自分がこの世を去ることになるのかは誰にもわからないし、死神はいかなる理由もロジックもなく、不意に訪れる。まさにこのような認識こそが、ハルムスをはじめとする不条理文学の作家たちに共通する世界観なのである。

このエピソードの冒頭で描かれているように、人間は小さくて、滑稽で、どうでもいいような存在である。人間は生きている間には、くだらないことばかりをするものなのだ。そういう卑小な人間が永久に姿を消さなければならないときがやって来ると、人々はそれでもやはり憐れみを覚える。が、死に待ったはかけられない。別れを告げることもできなければ、やり残した何かを片づけることもできない。ハルムスがこのエピソードで扱っているのは、実は人間にとって最も重要な問題なのである。にもかかわらず、この深刻な問題について深刻に語ることをせず、笑いを誘うディテールを備えている点が、いかにもハルムスなのである。つまり、このエピソードの中では待ったなしの状況が、下着を身につける暇もない、という形で表現されているのだ（イリーナが「でも、身につけなければならないものがあるんです」と言っているのは、結局そういう意味だ）。ハルムスが描くのは、志半ばに死ぬ人間ではなく、パンツもはかずに死ぬ人間、なのである。

〈公案〉

「何か本当に意味があって、この世界のみならず、他の世界の出来事のなりゆきでさえ変えられるようなものが、この世の中にはあるでしょうか？」

と私は師に尋ねた。

「あります」

と師は答えた。

「それは何ですか？」

と私は尋ねた。

「それは……」

師は説明を始めて、不意に黙り込んだ。

私は立ったまま、師の答えを待ち受けた。師は黙っていた。

私も立ったまま、黙っていた。
そして、師は黙っていた。
そして、私も立ったまま、黙っていた。
そして、師は黙っていた。
私たちはふたりとも、立ったまま黙っていた。
はは一ん、なるほど！
私たちはふたりとも、立ったまま黙っていた！
ほほ一う、なるほど！
そうだとも、私たちはふたりとも、立ったまま黙っていた！

〈Вопрос〉（1937）

画家と時計

画家のセローフはオブヴォドヌィ運河に行った。なぜ行ったのだろうか？　ゴムを買うためだった。なぜゴムが必要だったのだろうか？　ゴム紐を作るためだった。なぜゴム紐が必要だったのだろうか？　引っぱるためだよ。もう。まだ何かあるか？　ああ、あれがあった。画家のセローフは自分の時計をこわしてしまった。時計はちゃんと動いていたのに、彼がこわしてしまったのだ。まだ何かあるか？　もう何もない。全然何もない！　関係のないところにお前のばかげた鼻を突っ込むんじゃないよ！　ちょっと黙っててくれ！

むかしむかし、あるところにおばあさんがいました。生きて、生きて、ペチカで焼け死にました。それでいいじゃん、当然のなりゆきさ！　少なくとも画家のセローフはそう思った……。

えいくそ、私はもっとたくさん書きたかったのに、インク壺がどこかに行ってしまった。

Художник и часы（1938）

卑しい人物

セニカがフェティカの鼻面を一発殴り、たんすの下にもぐり込んだ。

フェティカは火かき棒を使ってセニカをたんすの下から引きずり出し、セニカの右耳を引きちぎった。

セニカはフェティカから何とか身をもぎ離し、引きちぎられた耳を手に持って、隣人のところに駆け込もうとした。

けれどもフェティカはセニカに追いついて、砂糖壺で頭を殴った。セニカはばったり倒れて、どうやら死んだようだった。

フェティカは自分の持ち物をかばんに詰めて、ウラジオストクへと旅立った。

ウラジオストクでフェティカは仕立屋になった。仕立屋、という言葉は立派過ぎるかもし

れない。彼が縫ったのは主に女性用の下着だけで、それもズロースとブラジャーだけだったからである。ご婦人方は恥ずかしいとも思わずに、フェティカの目の前でスカートをまくり上げ、寸法を計らせた。

それでフェティカは、たっぷりといろいろなものを見たのだった。

フェティカは卑しい人物である。

フェティカはセニカ殺しである。

フェティカは好色漢である。

フェティカは大食いである。と言うのも、彼は毎晩ハンバーグを十二個も食べたからである。フェティカの腹はでっぷりと肥え太ったので、彼はコルセットを作らせてそれを身につけた。

フェティカはとんでもない奴である。彼は道で通りかかった子どもから金を奪い取ったり、足を引っかけて年寄りを転ばせたり、手を振り上げておばあさんたちを脅したりした。そして、脅されてびっくりしたおばあさんたちが脇へ飛びのくと、フェティカは頭をかくために手を上げたのだというふりをした。

それはある日フェティカのもとにニコライがやって来て、フェティカの鼻面を一発殴ってから、たんすの下にもぐり込むまで続いた。

フェティカは火かき棒を使ってニコライをたんすの下から引きずり出し、ニコライの口を引き裂いた。

口を引き裂かれたニコライは隣人のところに駆け込もうとした。けれどもフェティカはニコライに追いついて、ビールジョッキで殴った。ニコライはばったり倒れて死んでしまった。

フェティカは自分の持ち物をかばんに詰めて、ウラジオストクから旅立った。

Грязная личность（1937）

〈私はカプチン会の坊主と呼ばれている〉

私はカプチン会の坊主と呼ばれている。そんなことを言う奴は、耳を引きちぎってやる。けれども今のところ、ジャン＝ジャック・ルソーの名声が私の頭を離れない。なぜ彼は何でも知っていたのだろう？　赤ん坊におむつをつけるやり方も、若い娘を結婚させるやり方も！　私も彼のように何でも知っていたいものだ。だが、実のところ、私はもう何でも知っているのだ。ただ、自分の知識に自信が持てないだけだ。子どものことはよく知っている。子どもにはおむつなんかつける必要はない。処分すればいいのだ。そのためには、町なかに大きな穴を掘って、そこに子どもを投げ込めばいい。穴から腐敗臭が立ちのぼらないようにするために、毎週生石灰をまくのだ。ドイツ・シェパードもみんな同じ穴に突き落としてやる。さてそれで、どうやって娘を結婚させるかだ。思うに、これはもっと簡単だ。社交ホールを建てて、そこに、たとえば一か月に一度若い人たちが集まるのだ。十七歳から三十五歳までの人々が服を脱いで裸になり、ホールの中を歩き回る。誰かお互いに気に入る人がいれば、そのカップルはホールの隅に行き、それぞれもっとじっくり観察する。言い忘れたが、みんな首から名札を下げていて、そこには姓名と住所が書いてあるのだ。そうしておけば、気に入った人には後で手紙を書いて、もっと親しくなることができる。だが、この一件に老人や老婆が干渉してくるようなことがあれば、そんな奴らのことは斧で殴り殺して、子どもたちを投げ入れた町なかの穴まで引きずっていけばいいと思う。

私の頭の中に埋蔵されている知識について、もっと披露してもいいのだが、残念ながらこれから刻み煙草を買いに店まで行かなければならない。通りを歩くとき、私はいつも節のある太いステッキを持っていくことにしている。

私がステッキを持っていくのは、そばを通りかかる子どもたちをたたくためである。おそらくそれで、人は私のことをカプチン会の坊主と呼ぶのだろう。ガキども、待ってろよ、お前らの耳もひきちぎってやるからな!

〈Меня называют капуцином〉(1938)

子ども嫌い

ハルムスは子ども向けの作品をたくさん書き残していて、子どもたちはそれらが大好きだ。けれどもその一方で、彼の大人向けの作品の中にはしばしば子どもに対する嫌悪感が描かれている。ハルムスの知人の回想によると、彼は実際に子どもが嫌いだと言っていたらしい。目立った服装で街を歩くハルムスの姿は子どもたちの好奇心の的で、大勢の子どもたちが大声で悪態をつきながら、彼の後ろをぞろぞろついて歩くようなことが頻繁にあったようだ。それがハルムスにとって決して愉快なものではなかっただろうということは、容易に推測できる。ひょっとしたら、手にしたステッキを振り回して子どもたちを追い払おうとしたこともあったかもしれない。けれども、彼は実生活においても作品の中でも、一種独特の自己演出をしていたので、子どもが本当に嫌いだったのか、それとも嫌いなふりをしていただけなのかはよくわからない。

ひとつ言えることは、この作品のように公然と子どもや老人を罵倒することは、明らかに挑発的な行為だったということである。常識的には子どもや老人にはやさしくするべきだからである。この作品は、ハルムスの子ども嫌いがそのまま反映されていると考えるよりも、挑発を狙ったものととらえた方がいいかもしれない。

世の中にうまく適応できないために引き起こされるエキセントリックな言動は、実生活でも作品においても、ハルムスの大きな特徴のひとつであるが、それが子どもっぽい言動であるということも見逃してはなるまい。ある意味ではハルムス自身が大きな子どもだったとも言えるのである。

〈私は塵を舞い上げた〉

私は塵を舞い上げた。子どもたちは私の後を追いかけて、自分たちの服を引き裂き、はぎ取った。老人老女たちは屋根から次々と落ちた。私は口笛を吹き、足を踏み鳴らし、歯をガチガチ言わせ、鉄の棒で辺りの物をたたき回った。ボロボロの子どもたちが私の後を疾走してきたが、追いつくことはできず、恐ろしいスピードだったので細い脚を折ってしまった。老人老女たちは私の周りを跳びはねた。私は全力で前に進んだ！ 汚らしくて、骨がゆがんでいるように見える子どもたちが、毒きのこのように私の足にまとわりついた。とても走りにくかった。私はしょっちゅうつまずき、一度などは地面の上でもがいている老人老女たちの柔らかい塊の上に転げ落ちそうになった。私は跳躍し、毒きのこの頭をいくつかはね飛ばし、ひとりのやせた老婆の腹を足で踏みつけた。老婆はポキンと音を立て、か細い声で「死ぬほど苦しんだ」と言った。私は振り向きもせず、走り続けた。今や私の足の下には、きれいで滑らかな舗装道路があった。ところどころにある街灯が道を照らしていた。私は風呂小屋に近づいた。風呂小屋の親しげな炎がもう私の目の前でちらちらしており、快適だが息がつまるような蒸気が私の鼻と耳と口の中に忍び込んできた。私は服も脱がずに脱衣場を通り抜け、それから蛇口とたらいと腰掛けの脇を通り過ぎ、まっすぐ蒸し風呂のベンチに向かった。熱くて白い蒸気が私を包んだ。弱々しいが執拗に続くゴーンという音が聞こえた。私は横たわっているようだった。

そのとき力強い解放感が私の心臓を止めた。

〈Я поднял пыль〉(1939)

名誉回復

　ヴォロージャが私の耳をひっぱたいて、額につばを吐きかけたので、私があいつをどんな目にあわせてやったか、やつはきっと忘れないでしょう。自慢ではありませんがね。卓上コンロでやつを殴ったのはその後のことですし、アイロンで殴ったのは晩になってからです。ですから、やつはすぐに死んだのではありません。昼間のうちに私がやつの脚を切断したからといって、私がやつを殺したという証拠にはなりませんよ。切断したときは、やつはまだ生きていましたから。アンドリューシャを殺したのは慣性の法則のようなもので、機械的にそうなってしまったのです。だから、私の責任ではありません。いったいどうして、アンドリューシャとエリザヴェータ・アントーノヴナがちょうどその場に居合わせないといけなかったんですかね？　彼らはドアを開ける必要なんか全然なかったのに。みんなは私が血に飢えているとか、血を飲んだとか言いますが、そんなことはありません。私は血の海とシミをなめただけです。犯罪の痕跡を消そうとするのは、人間のごく自然な欲求ですからね。たとえそれがこんなふうな、取るに足りない犯罪であったとしてもね。それに私がエリザヴェータ・アントーノヴナにしたことは強姦ではありません。第一に、彼女は処女ではありませんでした。第二に、そのとき彼女はもう死んでいましたから、私に強姦されたと訴えることもできないはずです。彼女が臨月だったからと言って、それが何なんです？　私は子どもを彼女の腹から出してやりました。その子がこの世で生きることができなかったからと言って、それが私のせいだということにはならないでしょう。その子の頭をもぎとったのは私ではありません。頭がもげたのは、首が細すぎたからです。その子の体はもともとこの世で生きるようにはできていなかったのです。私がブーツで彼らの飼い犬を踏みつぶしたというのは本当です。でも、私を犬殺しの罪に問うというのは、シニシズムとしか言いようがありませんね。だって、ある意味では三人もの人間の命が奪われていると言えるのですから。子どもは勘定に入れていませんが。まあいいでしょう。これらすべてに私の残酷さを見てとることもできるでしょう（それは私も認めます）。ですが、私が犠牲者の上にすわって排便したことを犯罪と呼ぶのは、失礼ながら、ナンセンスというものです。排便は自然の欲求ですから。だからそれは犯罪なんかではありません。弁護人の懸念も理解できますが、私自身はきっと無罪判決が下されるだろうと期待しています。

Реабилитация（1941）

権力

ファオルは言った。「私たちは盲目のままに罪を犯し、善を為す。ある弁護人が自転車に乗って走っていたが、カザン聖堂まで来たときに、突然姿を消してしまった。彼が為すよう定められていたことが善なることか、邪悪なことか、彼にはわかっていただろうか？

あるいは次のような出来事を考えてみよう。ある俳優が毛皮のコートを買った。困窮のあまりそのコートを売った老女に対して、彼は善を為したように見えるかもしれない。けれども、もうひとりの老女に対しては、おそらく邪悪なことを為したのだ。つまり、この俳優と同居していた母親は、普段は廊下で寝ていたのだが、そこに俳優が買ったばかりの毛皮のコートを掛けたのである。コートはホルマリンだかナフタリンだかの我慢できないような臭いをプンプンさせていたので、この俳優の老母はある日、目を覚ますことができずに死んでしまった。あるいはこんな出来事でもよい。ひとりの筆跡鑑定家がウォッカを浴びるほど飲んで、ディービチ大佐のような偉い人ですらそれがいいことなのか悪いことなのか理解できないような、とんでもないことをしでかした。罪と善を区別するのはとてもむずかしいことなのだ」

ムィシンはファオルの言ったことをよく考えながら、椅子から落ちた。

「ホ、ホ」と彼は床の上に横たわったまま言った。「チェ、チェ」

ファオルは続けて言った。「愛について考えてみよう。愛は善きものにも見えるが、悪しきもののようにも見える。一方では、愛せ、と言われている。けれどももう一方では、姦淫するなかれ、とも言われている。まったく愛さない方がいいのだろうか？　だが、愛せとも言われている。けれども、愛すれば姦淫することになってしまう。どうすればいいのか？　ひょっとしたら、愛しはするけれど、そういう愛し方はしないということだろうか？　でもそれならどうして、あらゆる民族が同じ言葉で、ひとつの愛し方ともうひとつの愛し方を表現するのだろうか？　ある俳優が母親と、ひとりの若い小太りの女を愛していた。彼はこの二人を別々の仕方で愛していた。彼は若い女に収入の大部分を渡していた。母親はしばしば空腹を抱えていた。若い女は三人分飲んだり食べたりした。母親は廊下に住んで床の上に寝たが、若い女にはいい部屋がふたつ与えられていた。若い女はコートを四着持っていたが、母親には一着しかなかった。俳優はこの一着しかないコートを母親から奪い取って縫い直させ、若い女のスカートにしてしまった。俳優は若い女といちゃついたが、母親とはいちゃつかなかった。彼は母親には純粋な愛情を捧げたのである。俳優は母親が死んだらどうしようと思っていたが、若い女が死ぬことには無頓着だった。母親が死んだとき、俳優は泣いた。若い女が窓から落ちてやはり死んだとき、俳優は泣かなかった。そして別の若い女と付き合い始めた。結論として言うなら、母親はかけがえのない存在として大切にされていたのである。母親は、他の物とは交換できない珍しい切手のようなものだったのだ」

「ショ、ショ」と、ムィシンは床の上に横たわったまま言った。「ホ、ホ」

ファオルは続けた。「そしてこれが純粋な愛というものなのだ！　このような愛は善だろうか？　もしそうでなければ、どのように愛せと言うのか？　ひとりの母親が我が子を愛していた。その子どもは二歳半だった。母親は子どもを抱いて公園に行き、砂場にその子をすわらせた。別の母親たちもそれぞれの子どもを砂場に連れてきた。砂場には四十人ほどの子どもが集まるようなこともあった。あるとき、この公園に狂犬病の犬が駆け込んできて、子どもたちに襲いかかり、噛みつき始めた。母親たちは悲鳴を上げて子どもたちに駆け寄った。その中に例の母親もいた。彼女は捨て身の覚悟で犬に飛びかかり、我が子とおぼしき子どもから犬の口を引き離した。引き離した後になって、それが我が子ではないことがわかった。母親はその子を犬の方に投げ返した。そうやって、脇の方に横たわっている我が子を救おうとしたのである。この母親は罪を犯したのか、それとも善を為したのか。誰か私の問いに答えてくれる者がいるか？」

「シュ、シュ」と、ムィシンは床の上で寝返りを打ちながら言った。

ファオルは続けた。「石は罪を犯すだろうか？ 木は罪を犯すだろうか？ 動物は罪を犯すだろうか？ それとも罪を犯すのは人間だけだろうか？」

「ムリャム、ムリャム」と、ムィシンはファオルの言葉に耳を傾けながら言った。「シュプ、シュプ」

ファオルは続けた。「もしも罪を犯すのが人間だけなら、世の中の罪はすべて、人間の中にあることになる。罪は人間の中に忍び込んでくるのではなく、人間から出てくるものなのだ。それは栄養と似ている。人間はいいものを取り込み、悪いものは排出する。世の中には悪いものはない。人間を通して出てくるものだけが、悪いものになり得る」

「サカシラナ」と、ムィシンは床から立ち上がろうとしながら言った。

ファオルは続けた。「私は愛について語った。愛と同じ言葉で表現される状態について語った。これは言葉の誤りだろうか、それともこれらの状態はみな同じものなのだろうか？母親の子どもに対する愛、息子の母親に対する愛、男の女に対する愛。これらはみな同じ愛なのだろうか？」

「もちろんさ」と、ムィシンはうなずきながら言った。

ファオルは言った。「そう、誰が誰を愛するかによって愛の本質が変わるものではないと、私は思う。すべての人間には一定量の愛が分配されている。そして各々の人間は、その愛をどこへ注げば効果的かを模索するのだ。私たちの魂の、変容と小さな特徴の秘密を暴くのだ、魂はおがくずを詰めた袋のように……」

「ウルセー！」と、ムィシンは床から飛び上がりながら大声を上げた。「モノノケタイサン！」

するとファオルは、質の悪い砂糖のようにぼろぼろと崩れ落ちた。

Власть (1940)

転落

二人の人が、新しく建設された五階建ての建物の屋根から落ちた。それは学校か何かの建物だった。彼らはすわったままの格好で屋根を端まで滑り降り、そこから落ちていった。

彼らの転落に最初に気づいたのは、イーダ・マルコヴナだった。彼女は向かいの建物の窓際に立って、ハンカチで鼻をかむ代わりに、コップの中に鼻水を飛ばしていた。そのとき突然、彼女は向かいの建物の屋根から誰かが落ちたのに気づいたのである。イーダ・マルコヴナが目を凝らしてよく見ると、二人の人が落ちていくところだった。イーダ・マルコヴナはあわててネグリジェを脱ぎ、屋根から落ちつつあるのがいったい誰なのかよく見るために、曇った窓ガラスをネグリジェで拭いた。けれども、落ちていく人たちが彼女の裸を見るかもしれない、そうしたら彼女のことをどう思うかわかったもんじゃない、と考えて、イーダ・マルコヴナは窓際からさっと身を引き、花の鉢植えを置いた三本脚の花台の後ろに隠れた。

そのとき、屋根から落ちていく二人のことに気づいた人がもうひとりいた。その人はイーダ・マルコヴナと同じ建物の、二階下に住んでいた。この人の名前もイーダ・マルコヴナだった。彼女は窓枠の張り出しの上に、両足まですっかりのせてすわり、スリッパに小さなボタンを縫い付けているところだった。彼女は窓の外をふと見やったときに、屋根から落ちていく人たちに気づいたのである。彼女は金切り声を上げて窓枠から飛び降り、屋根から落ちていく人たちが地面にたたきつけられるのをよく見ようと思って、急いで窓を開けようとした。けれども、窓は開かなかった。イーダ・マルコヴナは、釘を打って窓を開かなくしていたことを思い出し、大急ぎで大工道具（金槌が四本とノミとペンチ）がしまってあるペチカの方へ行った。彼女はペンチをつかんで窓にとって返し、釘を引き抜いた。すると窓はあっけなく開いた。イーダ・マルコヴナは窓から身を乗り出し、屋根から落ちていく人たちがピューッと地面に向かっていく様子を見た。

通りにはもうかなり人が集まって、群れをなしていた。警笛が聞こえ、これから事故現場になるであろう場所に、小柄な巡査がゆったりとした足取りで近づいてきた。大きな鼻の門番はあちこち走り回って人々を押しのけ、屋根から落ちてくる二人が野次馬の頭にぶつかるかもしれない、と言った。そのとき二人のイーダ・マルコヴナは——ひとりは服を着て、もうひとりは裸だったが——窓から身を乗り出して金切り声を張り上げ、地団太踏んだ。そしてとうとう、腕を水平に伸ばし、眼をかっと見開いた姿で屋根から落ちてきた二人は、地面にたたきつけられてしまった。

私たちもこんなふうに、到達した高みから転落し、われわれの未来という名の、気の滅入るような監獄にたたきつけられるようなことがある。

Упадание（Вблизи и вдали）（1940）

私の妻に起きたこと

私の妻の足がまた悪ふざけを始めた。妻が安楽椅子にすわろうとすると、足はたんすの方に向かった。しかも足はそこで止まらずにさらに廊下へと進み、妻を箱の上にすわらせたのである。妻は強い意志を固めて立ち上がり、部屋の方へ動こうとしたが、足はまた悪ふざけをして、ドアを素通りさせた。「なんていやらしい！」と妻は、テーブルの下に顔を突っ込んで言った。彼女の足はふざけ続けて、廊下の床の上に置いてあったガラスのボウルを割ってしまった。

私の妻はようやく安楽椅子にすわった。

「来たわよ」と妻は言い、にっこり笑って、鼻の中に入れてあった小さな木切れを引っぱり出した。

Случай с моей женой（1936–1938）

椰子の木の下で

ハルムスは二度結婚している。最初の結婚が短期間で破局を迎えた後、一九三四年にマリーナ・マリッチと再婚して、この二度目の妻とは一九四一年に逮捕されるまで一緒に暮らしていた。マリーナとの関係が良好だったことは、この遊び心に満ちたかわいらしい話にも反映されている。短篇集『出来事《ケース》』の献辞にある「マリーナ」も彼女のことである。

興味深いのは、ハルムス的不条理さそのものであるような、マリーナの運命である。ハルムスが逮捕されてからまもなく、ドイツ軍が侵攻してきたために、彼女はレニングラード脱出を図る。しかし不運にも捕虜になってしまい、強制労働のためにドイツに連行される。そのままドイツで終戦を迎えた彼女は、亡命の機会をとらえてパリに移る。

一九八〇年代にハルムスが世の中に紹介されると、研究者たちはこぞってマリーナの行方を探し始めた。何年もの捜索の後、ようやく彼女の居所がわかるのだが、それはなんとベネズエラだった。彼女は戦後、フランス各地を渡り歩いた末に再婚して、夫とともにベネズエラに移住していたのである。

彼女はもちろんハルムスが今や有名人になっていることなど、まったく知らなかった。

一九九〇年代にある研究者がわざわざベネズエラまでマリーナに会いに行き、インタヴューをした。彼女自身はもう九十歳近い年齢になっており、自らの手で回想記を書くことはできなかったので、この研究者が代わりにハルムスの思い出を書くことにしたのである。マリーナはハルムスの作品そのもののようなクレイジーなエピソードをいくつも語ったが、それが本当のことだったのか、それとも彼女が長い人生の間に経験したことをいくつかごちゃまぜにして語ったのか、あるいは九十歳近い老女の妄想だったのかは、誰にもわからない。けれども、スターリン時代のレニングラードから脱出した女性が、五十年も後に老婆となってベネズエラの椰子の木の下で語る突拍子のない話以上に、ハルムスにふさわしい回想記があるだろうか。

多面的な診察

エルモラーエフ「私がブリノフのところに行ったら、彼は私に自分がどんなに力持ちか見せつけたんです。あんなもの、見たこともありませんね。あれはまるで獣並みの力ですよ！　見ていると怖くなってくるほどでした。ブリノフは書き物机を持ち上げて、頭の上でぶんぶん振り回した挙句、四メートルも投げ飛ばしたんです」

博士「その現象を調査するのはおもしろいでしょうね。そのような事実があることは学問的には知られていますが、その原因はまだ不明ですからね。そのような筋力がどこからくるのか、学者にはまだ説明ができないのです。私にブリノフを紹介してくれませんか。ブリノフに調査のための丸薬を渡したいのですが」

エルモラーエフ「ブリノフに渡したいというのは、どんな丸薬ですか？」

博士「どんな丸薬かって？　私は丸薬なんて渡すつもりはありませんよ」

エルモラーエフ　「でも先生ご自身がついさっき、丸薬を渡したいとおっしゃったではありませんか」
博士「いいえ、あなたの聞き間違いですよ。丸薬なんて、一言も言ってませんよ」
エルモラーエフ　「お言葉を返すようですが、先生が丸薬とおっしゃったのをこの耳でちゃんと聞きました」
博士「いいえ」
エルモラーエフ　「何がいいえなんです？」
博士「言ってません！」
エルモラーエフ　「誰が言ってないんですって？」
博士「あなたが言ってないんでしょ」
エルモラーエフ　「私が何を言ってないんですって？」
博士「私の考えでは、あなたは言いたいことを全部は言っていないのでしょう」
エルモラーエフ　「おっしゃることの意味がまったくわかりませんね。私が何を全部は言っていないんですって？」
博士「あなたの話し方は典型的ですね。あなたは言葉を飲み込み、言いかけた考えを最後までは言わず、気がせいてつっかえるのです」
エルモラーエフ　「私がいつつっかえましたか？　私はかなりスラスラとしゃべっていると思いますが」
博士「まさにその点に、あなたの認識の誤りがあるのですよ。ほら、見えますか？　緊張のあまり赤い斑点が体に出てきているでしょう。手が冷たくなってはいませんか？」
エルモラーエフ　「いいえ。なぜです？」
博士「いや、単なる推測です。そろそろ呼吸困難になってくる頃ではないかと思うのですけどね。おすわりになった方がいいのではありませんか。さもないと、倒れてしまいますよ。そうです。ちょっと休んでください」
エルモラーエフ　「いったい何のために？」
博士「シーッ！　声帯を酷使してはいけません。これから私があなたの辛い運命を少しは楽にしてあげますからね」
エルモラーエフ　「先生！　脅かさないでくださいよ」
博士「ねえ、あなた。助けてあげたいと思ってるんですよ。これを受け取りなさい。そして、飲みなさい」

エルモラーエフ　「ゴクン。ゲーッ！　なんて甘ったるい嫌な味なんだろう！　いったい何をくださったのですか？」
博士「何でもありませんよ。安心してください。これはよく効く薬ですから」
エルモラーエフ　「なんだか熱くなってきた。それに、何もかも緑色に見えます」
博士「そう、そう、そうなんですよ、あなた。これから死にますよ」
エルモラーエフ　「何ですって？　先生！　ああ、もう耐えられない！　先生！　何を飲ませたんです？　ああ、先生！」
博士「あなたが飲んだのは、調査のための丸薬です」
エルモラーエフ　「助けて、ああ、助けて、ああ。息ができない。ああ、たすけ……　ああ、息が……」
博士「静かになった。息もしていない。つまり、もう死んだわけだ。この世で答えを見つけることもなく、死んでしまった。そう、私たち医者は、死という現象を多面的に診察しなければならないのだ」

〈なぜみんなが私のことを天才だと思うのか…〉

なぜみんなが私のことを天才だと思うのか、私にはわからない。自分では、天才なんかではないと思う。昨日、私はみんなに言った。「ねえ、みなさん。私がいったいどんな天才だって言うんです?」人々は言った。「こんな天才ですよ!」それで私は言った。「こんなって、どんな?」けれども彼らは、どんな天才なのかは言わなかった。ただ、私のことを天才だ、天才だと言っただけだった。けれども、私は自分のことを天才だなんて思わない。

私がどこへ行こうと、人々はお互いにひそひそささやき合って、私のことを指さす。「いったい何なんです?」と私は言う。けれども彼らは私につべこべ言わせず、ほとんど私を胴上げせんばかりになる。

〈Не знаю, почему все думают, что я гений…〉(1934–1936)

〈私たちは部屋が二つあるアパートに住んでいた〉

私たちは部屋が二つあるアパートに住んでいた。私の友人は小さい方の部屋で暮らしていた。私はそれよりいくらか大きくて、窓が三つある部屋で暮らしていた。友人は昼間はずっと家にいなかった。家には寝に帰ってくるだけだった。私はそれとは反対に、ほとんど一日中自分の部屋にいた。外出するのは郵便局へ行くか、昼食のための買い物に出かけるときくらいだった。しかも私は肋膜炎になってしまい、ますます家に閉じこもるようになってしまった。

私はひとりでいるのが好きだ。けれどももう一か月が過ぎて、ひとりでいることに飽きてきた。本を読むのはおもしろくなかった。私は机に向かったが、一行も書けないまま、ただすわっていることが多かった。それでまた本に戻り、原稿用紙は真っ白なままだった。おまけにこの病気だ！　要するに、私は退屈し始めたのだった。

当時住んでいた町は、私にはまったく気に入らなかった。この町は丘の上にあり、どこからでも絵葉書のような景色が見えた。この景色があまりにも嫌なものになってきたので、私は家にいなければならないのがうれしいくらいだった。郵便局と市場と商店以外には、私には行くところもなかった。

こうして、私は世捨て人のように家に閉じこもった。

何も食べない日もあった。私は快活な気分になろうと努力した。ベッドの上に横になって、微笑もうとした。私は二十分間微笑んでみたが、微笑みはあくびへと変わっていった。とても不愉快な気分だった。私は微笑むために少し口を開けたが、口が開き過ぎて、あくびになってしまったのだ。私はあれこれ夢想し始めた。

ミルクの入った素焼の水差しと焼きたてのパンを思い浮かべた。私は机に向かってペンを走らせている。机や椅子やベッドの上には、書き終えた原稿が散らばっている。私はどんどん書き、ウィンクし、いい考えににっこりする。すぐそばにパンやミルクや、刻み煙草の入った木箱があるのは、とてもいい気分だ！

私は窓を開けて、庭を眺めた。家のすぐそばには黄色と紫色の花が咲いていた。少し離れたところに野生の煙草と、大きな栗の木が生えていた。その向こうには果樹園があった。

とても静かで、丘の下から汽車の歌うような音が聞こえてくるだけだった。

今日、私は何もできなかった。私は部屋の中を行ったり来たりし、それから机に向かい、すぐに立ち上がってロッキングチェアにすわり直した。一冊の本を手に取っても、すぐにそれを置いて、また部屋の中を行ったり来たりした。

突然、何かを忘れたような気がし始めた。何かの出来事か、大事な言葉を忘れたような気がしたのだ。

私はその言葉を思い出そうと骨折った。すると、その言葉が「ミ」で始まっているような気がした。いや、違う！「ミ」じゃない、「リ」だ。

理性？良好？了見？リード？それとも妙案？水の泡？見本？

違う、やっぱり「リ」だ！忘れたのがひとつの単語だったとしての話だが。

私はコーヒーを沸かし、「リ」で始まる単語の歌を歌った。この文字で始まる単語を、なんとたくさん思いついたことか！ひょっとしたらこれらの単語のうちに探している当の言葉があったのかもしれないが、私は気づかず、他の言葉と同じように扱ってしまった。

あるいはひょっとしたら、そんな言葉などなかったのかもしれない。

〈Мы жили в двух комнатах〉（1932–1933）

関係

哲学者よ！

一　私があなたに書き送った手紙に対して、あなたが書こうとしている返事に対する私の返事を書きます。

二　ひとりのヴァイオリニストが磁石を買って家に持ち帰ろうとしました。その途中、このヴァイオリニストは暴漢の一団に襲われ、その拍子に頭から帽子が落ちてしまいました。帽子は風に吹かれて通りを転がっていきました。

三　ヴァイオリニストは磁石を通りに置き、帽子の後を追いかけました。帽子は硝酸の水溜りに落ちて溶けてしまいました。

四　そのすきに暴漢たちは磁石を盗って逃げました。

五　ヴァイオリニストはコートも帽子も失くして家に帰りました。と言うのも、ヴァイオリニストは帽子が硝酸の水溜りの中で溶けてしまって、あまりにもがっくりしたために、路面電車の中にコートを置き忘れてしまったのです。

六　路面電車の車掌はコートを蚤の市に持って行き、サワークリームと穀物とトマトに交換しました。

七　車掌の義父はこのトマトを食べ過ぎて、死んでしまいました。義父の遺体は霊安室に置かれましたが、遺体を取り違えて、義父の代わりにどこかの老婆の遺体を埋葬してしまいました。

八　この老婆のお墓には白い柱が立てられ、そこには「アントン・セルゲーエヴィチ・コンドラチエフ」と書かれていました。

九　その十一年後、柱は虫にかじられて倒れてしまいました。墓地の番人は柱をのこぎりで四つに切って、家のかまどにくべました。番人の妻はその火でカリフラワーのスープを作りました。

十　けれどもスープができたちょうどそのとき、壁からハエがスープの入った鍋の中に落ちました。スープは物乞いのティモフェイに与えられました。

十一　物乞いのティモフェイはこのスープを食べ、墓地の番人がいかにいい人か、物乞いのニコライに話しました。

十二　翌日、物乞いのニコライは墓地の番人のところへ行き、お恵みを、と言いました。けれども番人は物乞いのニコライに何もやらず、彼を追い払いました。

十三　物乞いのニコライは怒って、墓地の番人の家に火をつけました。

十四　火は番人の家から教会へと飛び火し、教会は丸焼けになりました。

十五　いろいろと取調べが行われましたが、火事の原因はわかりませんでした。

十六　教会のあった広場には公民館が建てられました。落成式が行われた日に、そこでコンサートが開かれました。そのコンサートには十四年前にコートを失くしたヴァイオリニストが出演しました。

十七　観客の中には、十四年前にヴァイオリニストの帽子を飛ばしてしまった暴漢の息子がいました。

十八　コンサートの後、ヴァイオリニストと暴漢の息子は同じ路面電車に乗りました。彼らが乗った路面電車の後を走っていた路面電車の運転手は、いつだったかヴァイオリニストのコートを蚤の市で売った車掌でした。

十九　こうして三人は夜遅く、路面電車で町を走りました。まずヴァイオリニストと暴漢の息子が、その後に、昔は車掌として働いていた運転手が。

二十　彼らは路面電車に乗っていましたが、自分たちの間にどんな関係があるのか、まったく知りませんでしたし、その関係について死ぬまで知ることはないのです。

Связь（1937）

ハルムスの作品世界――無意味さの意味

ここに訳出したのは、ダニイル・ハルムスの代表作『出来事《ケース》』と、その他の短篇三十八篇である。底本には Даниил Хармс: *Полное собрание сочинений.* Санкт-Петербург: Академический проект, 1997を使った。『出来事《ケース》』は生前のハルムスが、出版するあてもないまま編んだ短篇集である。残りの三十八篇は訳者が選んで配列した。

ロシアの二十世紀は革命や戦争、冷酷な独裁制ばかりが目につく困難な時代だった。現代の視点から見ると、歴史にしろ文学にしろ、十九世紀のものは品があって善良で、むしろ素朴すぎるくらいに思える。二十世紀は十九世紀とはまったく異なる時代だった。この時代の変遷とともに文学も姿を変え、美しい言葉、長大なストーリー、堅固な形式は過去のものとなった（もちろんこれはロシアだけの現象ではないが）。とは言え、文学がお払い箱になってしまったわけではない。二十世紀の作家たちは時代により即した、十九世紀とは異なる表現方法を見つけ出したのである。

言語は鏡のように世界を映し出す。言語は世界のモデルであり、私たちは世界を理解する手段として言語を用いる。言語は世界をさまざまなカテゴリーに分類し、それらを論理的に関係づける。普段の生活の中で私たちは、この世界モデルの正しさを疑うことはない。けれども、もしそれが正しくないとしたらどうだろうか。このカテゴリー分けによって世界の本質が歪曲されるとしたらどうだろうか。私たちの論理に合った秩序と目的をもつ言語が、そもそも秩序も目的ももたない世界を表現することなど、できないとしたらどうだろうか。

言語に対するこのような懐疑の念は、二十世紀に入るとそれまでにも増して強いものとなった。言語を特に批判したのはモダニズムの作家や詩人たちで、彼らは言語がコミュニケーションの手段としては不適切なのではないかと考えた。彼らにとっては、自分自身とのコミュニケーションからしてすでに問題だった。つまり、自分が考えていることを言語化するのが困難だったのである。これは詩人にとっては永遠の悩みで、たとえば十九世紀の詩人チュッチェフは「ことばにされた考えは偽りである」と言っている。ましてや、他人とのコミュニケーションとなると、もっと大変である。私たちは同じ言語を用いてコミュニケートしているようでも、その理解は人それぞれである。あらゆる理解は誤解なのだ。このような考え方は不条理の文学にとって非常に重要なものだった。不条理の作家たちの理解では、人間は世界にも他人にもアクセスすることができない存在であり、誰もがまったくひとりきりで不可解な世界に対峙しなければならない。

コミュニケーションの不全と相互理解の不可能性は、ハルムスが繰り返し取り上げたテーマだった。たとえば「スケッチ」という作品では、母と息子という、とても近しい関係にある人々ですら、うまく意思疎通できない。「結婚」というごく単純な単語がばらばらにされて、意味のない音になる。何かを意味しているはずの言語、相互理解のための最良の手段であるべき言語が、単なる無意味な音のつながりになってしまうのである。コミュニケートしようとする空しい努力は、暴力による話し相手の排除で終わる。この結末は実存的な孤独がもたらす絶望を表わしていると解釈できるだろう。とは言え、ハルムスはこのような悲劇的な認識を、彼らしいユーモアに満ちたナンセンスな語り口で表現しており、そのために、この作品は読者に悲劇的どころか、むしろ滑稽な印象を与えるものとなっている。

笑いはハルムス作品の最大の特徴のひとつである。ハルムスに人気があるのも、独特のユーモアが受けているからである。よく考えてみると、これは奇妙なことだ。と言うのも、ハルムスの作品の中ではショッキングなことや不愉快なことばかり起きるからである。

ユーモアの本質が何かということは、さまざまな研究者の努力にもかかわらず、まだ完全には解明されていない。が、すでにはっきりしていることもある。それは、笑いを生み出す要因のひとつが、物事のつながり具合の不適切さや整合性のなさだということである。ある状況にふさわしくない言動は失笑を買う。ハルムスの笑いも物事の不整合と関係しているのだが、それはサーカスの道化師を見て笑うときのような、あっけらかんとした笑いではない。道化師が丈の短すぎるズボンをはいているのは滑稽ではあるが、それ以上の深い意味はない。だがハルムスの場合、物事の関連の不適切さ、整合性のなさを描くことは、世界がいかに不条理であるかを暴露する手段なのである。

不条理な世界観においては、世界は雑多な要素の寄せ集めであり、それぞれの要素は互いに論理的なつながりを持たず、ただ偶然そこにあるだけである。このような無秩序で整合性のない世界に、人間はたったひとりで向き合わなければならない。この不条理な世界は、ひとりの人間の力ではどうすることもできない。それればかりか、人間は自分自身の心理をコントロールすることさえできない。たとえば「〈ひとりのフランス人にソファがプレゼントされた……〉」という作品では、ソファや椅子をもらったフランス人はとことん優柔不断で、どこにすわるかというごく日常的な、どうでもいいような事柄にすら決断を下せない。フランス人の内面では、自己がいくつにも分裂して、それぞれがあの椅子にすわりたい、この椅子にすわりたいと主張して、折り合いをつけることができないのである。

物語るという行為は、世界の事物が相互に何らかの関係をもっていることを前提としている。ハルムスは世界の理性的な秩序を疑問視し、世界にはそもそも意味などないかもしれないと考えた。そのことを彼は、「世界は不条理である」といった言説で表現するのではなく、作品の構造によって示そうとした。たとえば、従来の物語性を破壊するような物語を書き、読者自身が「世界はなんて不条理なんだろう」と感じるようにし向けたのである。ハルムスが好んでパロディの対象にしたのは、論理性が重要な役割を果たしていて、しかもそこに道徳的な価値判断のような、世界の秩序に関わるメッセージが込められている文学ジャンル、特に寓話だった。その典型的な例を「四本足のカラス」に見てとることができる。

この作品を読む人は誰でも、イソップを連想するのではないだろうか。ロシアではイソップは十九世紀の初頭に作家クルィロフによって翻訳され、誰もが子ども時代に一度は必ず読む本となった。「四本足のカラス」でハルムスは、イソップ寓話の形式は残したまま、内容をナンセンスに書き換えている。そもそも「四本足のカラス」というタイトルからしてナンセンスである。本来二本足のカラスが四本足であるとわざわざ言われているからには、何か特別な理由があるに違いない、と考える読者の期待はあっさり裏切られて、さも自明のことであるかのように何の説明もない。その上、カラスは実は五本足であることが明らかにされる。カラスの足の異常な多さが問題なのではなく、正確な記述こそが重要であると言わんばかりである。あるいは、買うという行為も普通は何らかのはっきりとした意図があってなされるものだが、カラスはコーヒーを買ったものの、それをどうすればいいのかわからない。

イソップ寓話では、カラスがくちばしにはさんでいるチーズを手に入れようとして、キツネがカラスの声をほめる。喜んだカラスはカアと一声発してチーズを落とし、まんまとキツネに取られてしまう。ハルムスの作品では、キツネはカラスをほめるのではなく、逆にあざ笑う（ロシア語では「カラス」は、間抜けな人に対する嘲笑の言葉である）。ののしり合いの末、キツネはカラスに向かってブタ野郎と叫ぶが、カラスはブタである、という言い方がなんともナンセンスだ。カラスは結局、コーヒーをぶちまけてしまうのだが、イソップのチーズとは違って、キツネはコーヒーを必要としておらず、見向きもしないで立ち去ってしまう。

ハルムスの話では、カラスとキツネが出会ったのはまったくの偶然であり、ののしり合うのも何らかの意図があるからではない。ここには、イソップ寓話にあるような教訓はひとかけらも存在しない。パロディは通常、原作にあった意味を否定して新たな意味を指し示すものであるが、このハルムスの作品にはそのような新しい意味は完全に欠落している。むしろその意味のなさこそがこのテクストの意味である、と言うこともできるだろう。

先にも述べたように、ハルムスの世界観の特徴は関係性の欠如である（すべての出来事、物事、人間が相互に無関係のまま、そこにある）。人間理性はこのような世界を理解できない。ハルムスは、理性が世界を認識するために通常用いてきた手段、すなわち論理的思考とそのカテゴリーに依拠する言語を疑わしいものとみなした。その結果、デカルト以降のヨーロッパ思想において常に神聖視されてきた論理が否定され、偶然や無限に続く繰り返しや動機のない行動に覇権を譲り渡すことになる。世界は、相互に関係をもたないばらばらな事象のかたまりとして、私たちの目の前に姿を現すのである。

このような世界を前にして、人間はどのような結論を導き出し、何をすべきなのだろうか。論理に対する信仰が絶対的であり、しかもその論理そのものが存在していない場合、人生は苦しみ以外の何ものでもなくなってしまい、人間はその苦しみからできるだけ早く解放されたいと願う。不条理な世界と自殺との関係については、カミュが考察しているとおりである。しかしハルムスは、カミュとは異なる結論を導き出している。ハルムスは、それまで慣れ親しんできた物事の関連性が打ち砕かれたとき、論理的思考によってむしろ認識が妨げられていたのだと考えた。世界を認識するには、論理的思考ではなく、神秘的思考が必要であると考えたのである。ハルムスの立場は仏陀や老子の思想のような東洋思想に近い。ハルムスは仏教に関心をもっており、悟りを開いて世界との一体感を得るためには、人間は論理的思考から脱する必要があるということを知っていた。

ハルムスは作品の中で、彼なりのやり方で論理的思考の欠陥を示したが、たとえば仏教にも論理的思考の不可能性を認識するための伝統的な形式が存在する。そのひとつが公案である。公案においては、論理的思考では絶対に解決できない問題が提示される。論理的思考の代わりに残されるのは沈黙と空である。

本書で「公案」というタイトルで訳した作品には、もともとタイトルはついていない。ロシアの編者たちはこの作品に通常「問い」というタイトルをつけているが、私たちはここで問題になっている「問い」は特殊な「問い」だと解釈して、あえて「公案」と訳した。この作品では、世界の意味という究極の問いが発せられる。それに対して師は沈黙で答えるしかない。世界の意味は言語では把握できないものだからである。それを説明するために、沈黙について語るとすれば、言語を用いて世界を把握することはできないという前提と矛盾する。沈黙は沈黙で表現するしかない。これこそまさに、ハルムスがこの作品で描いたことなのである。

人間はまるで真空の宇宙空間にたったひとりで投げだされているかのように、すべてのものとの関係を断たれている。人間は世界の意味も理解できなければ、自分の人生の意味も理解できず、自分が何者なのかさえ理解できない。しかも、このような認識をもつに至ったとき、ハルムスはスターリンの恐怖政治のまっただなかにいたのだ。そうでなくても恐ろしい環境で得たこのような認識は、生きる力を失わせるほど恐ろしいものだった。恐ろしすぎて笑わずにはいられないほど、恐ろしいものだったのである。

笑いは、死ぬほどの恐怖に直面した人間にとっては一種の自己防衛の身振りであり、発狂寸前にまで追い込まれた思考をいったん停止させることによって、生き延びることを可能にしてくれる。笑いはおそらく、絶望的な状況から抜け出すための、唯一のまっとうな手段なのである。

ハルムスの作品は長いあいだ闇に葬られていたが、ペレストロイカによってようやく公に出版されるようになり、現在のロシアではハルムスは、最も広く読まれている二十世紀の作家のひとりである。ロシア国外でも徐々に名前を知られるようになり、特にドイツやフランス、アメリカではカルト的な人気を誇っている。インターネット上にはハルムス・ファンのサイトがいくつもあり、ハルムス作品をスケッチ風に上演した映像や、ハルムスをまねた作品も数限りなく公開されている。

ロシアや欧米で今なぜハルムスがブームになっているのだろうか。ハルムスが好きな理由は、おそらく読者によってさまざまだろう。ハルムスの作品は多層的であり、どんな読者も自分の感覚にぴったりくる層を見つけることができる。ハルムスの作品を読むと、誰でもまず滑稽だと感じるに違いない。彼の作品には滑稽な場面や発言、ナンセンスな状況などが描かれているからだ。けれども、ハルムスはただ滑稽なだけではない。私たちはハルムス作品に親しむにつれて、これらの滑稽な話の背後にはもっと何か他のものがあることに気づくようになる。作品に描かれている偶然の重なりやナンセンスな状況が、世界のあり方そのものの不条理や偶然性、無目的性というものに思いをめぐらせるきっかけを与えてくれるのだ。かみ合わない会話はコミュニケーションの不可能性を表現していると解釈できる。すると、この不条理な世界で他者との関係を断たれて孤立する人間の姿が浮かび上がってくる。この疎外されているという感覚は現代人にはなじみ深いものである。同じような感覚は、カフカの作品にも読み取ることができる。カフカと同様、ハルムスも時代の新しい兆候をいちはやく敏感に感じ取っていた。彼らが生きていた時代にはほとんど共有されることのなかったこの感覚は、第二次世界大戦を経て、誰もが理解できるものとなったのである。この現代的な感覚が、二十一世紀の今、ハルムスを人気作家にしているのだろう。

ハルムス作品の多層性はこれだけにとどまらない。たとえばソ連の歴史に詳しい読者なら、ハルムスの作品に芸術家と権力との対立を見るだろう。他にもまだいろいろな層があるはずである。すぐれた作家の作品は常に多層的であり、読者に解釈の余地をいくらでも与えてくれるものなのだ。現代の日本の読者も、ハルムス作品の中に新たな層を発見するに違いない。

最後に、ハルムスを日本の読者に紹介したいという私たちの長年の願いを叶えてくださった柴田元幸先生に、心からの感謝を捧げたいと思います。私たちの試訳が柴田先生の目に触れる機会がなかったら、ハルムスの作品が『モンキービジネス』に連載されることも、この本が生まれることもありませんでした。また、『モンキービジネス』連載中からお世話になった編集者の川上純子さん、ヴィレッジブックス編集部の平井悠太郎さんにも心からお礼申し上げます。

アンコール、ハルムス

〈私がどんなふうに生まれたか、話そう〉

私がどんなふうに生まれたか、話そう。どんなふうに育ったか、そして、天才の最初の兆しがどんなふうに現れたか。私は二度生まれた。それにはこんな事情がある。

私のパパはママと一九〇二年に結婚した。一九〇五年の終わり頃になってようやく私が生まれた。パパは子どもにはぜひとも元日に生まれてきてほしいと思っていた。それでそこから逆算して、受胎は四月一日でなければならないと考え、その日にママのところに行って、子どもを作ろうと提案した。

パパが初めてママのところに行ったのは一九〇三年の四月一日だった。ママはこの日を待ちわびていたので、ものすごく喜んだ。だが、パパはふざけた気分になっていたようで、ママのところでつい「エイプリルフール！」と言ってしまった。

ママは非常に気分を害して、パパをもう受け入れようとはしなかった。それで次の年まで待つことになってしまった。

一九〇四年の四月一日に、パパはまた同じ提案をしにママのところに行った。けれどもママは一年前の出来事を覚えていて、同じようなばかげた状況にはなりたくないと言って、パパをまた受け入れなかった。パパは怒ったが、どうしようもなかった。

その一年後にようやく、パパはママを説き伏せて子作りに成功した。

そういうわけで、私が宿ったのは一九〇五年四月一日だった。

けれども、パパの計算もむなしく、私は月足らずで、予定日よりも四か月も早く生まれてしまった。

パパの怒りがあまりにも激しかったので、私を取り上げた助産師は途方に暮れ、出てきたばかりの場所に私をもう一度押し込もうとした。

軍事医学アカデミーの学生だった知り合いが出産に立ち会っており、私を胎内に戻すのは無理だと言った。それにもかかわらず、私はまた胎内に押し込まれた。だが、後でわかるように、押し込むには押し込んだものの、急いでいて場所を間違えてしまった。

それから大騒ぎが始まった。産婦は「私の赤ちゃんを渡してちょうだい！」と叫び、人々はそれに対して、「赤ちゃんはあなたのおなかの中ですよ」と答えた。「なんですって！」と産婦は叫んだ。「赤ちゃんがおなかの中にいるわけないでしょ、さっき産んだところなのに！」人々は産婦に「勘違いじゃないですか？」と言った。「なんですって！」と産婦は叫んだ。「勘違いだなんて！　勘違いするわけないでしょ！　赤ちゃんがシーツの上にいるのを見たばかりなのに！」「それはそのとおりです」と人々は産婦に言った。「でも、赤ちゃんがまたどこかにもぐり込んだんじゃないでしょうか」要するに、彼らは産婦に何と言っていいのかわからなかったのだ。

産婦は赤ちゃんをよこせと騒ぎ続けた。

経験豊かな医師を呼ぶことになった。経験豊かな医師は産婦を診察し、両手を広げてわけがわからないという仕草をしたが、それでもやはり事情を察したらしく、産婦に下剤のエプソム塩をたっぷり与えた。それで産婦はおなかを下し、こうして私はこの世に二度生まれ出ることになった。

パパはまた怒り始め、こんなのは誕生とは呼べない、と言った。これは人間ではなく、まだ胎児のようなものだ。だからまた腹の中に押し込むか、孵卵器に入れた方がいい。

こうして私は孵卵器に入れられたのだった。

〈Теперь я расскажу, как я родился〉（1935）

孵卵器の時期

私は孵卵器で四か月過ごした。覚えているのは、孵卵器がガラスでできていて透明で、温度計が付いていたことだ。私はやわらかい綿の上に寝かされていた。それ以上のことは覚えていない。

四か月後に孵卵器から出された。一九〇六年一月一日のことだった。こうして、私はいわば三度目に生まれたのだった。私の誕生日は一月一日ということになった。

Инкубаторный период (1935)

〈コケドリについてお話ししましょうか？〉

コケドリについてお話ししましょうか？　いや違う、コケドリではなくコッケドリについてです。いや、コッケドリじゃなくてコッコドリについてです。えい、ちくしょうめ！　コッコケドリについてです。ああ、これも違う！　ケコケッコドリについてです。いや、また間違えた！　ココケッコケドリ？　いや、ココケッコケドリではない！　コーコケッコケドリ？　いやいや、これも違う！

あの鳥がどういう名前だったか、忘れてしまいました。もし忘れていなかったら、みなさんにコーコケコッコドリについて話ができるのに。

〈Хотите, я расскажу вам рассказ про эту крюкицу?〉（1934–1935）

ムィシンの勝利

ムィシンは「おい、ムィシン、起きろよ！」と言われた。

ムィシンは「起きない」と言って、床に寝ころんだままでいた。

するとカルーギンがムィシンのところに来て言った。「ムィシン、自分で起きないなら、おれが起こしてやる」「いやだ」とムィシンは言って、床に寝ころんだままでいた。

セリズニョーヴァがムィシンのところに来て言った。「ムィシン、あなたが廊下にずっと寝ころんでいるせいで、私たちが行ったり来たりする邪魔になっているのよ」

「邪魔になってたし、これからも邪魔するよ」とムィシンは言った。

「あなたねえ」とコルシュノフは言った。が、カルーギンがそれをさえぎって言った。

「つべこべ言うのはやめようぜ！　警察に電話してくれ」

それで警察に電話して、巡査を呼んだ。

三十分後に巡査が門番と一緒にやって来た。

「何ごとだ？」と巡査が尋ねた。

「見てくださいよ」とコルシュノフは言った。が、クルィギンがそれをさえぎって言った。

「こいつですよ。この市民がずっと床の上に寝ころんで、廊下の通行を邪魔するんです。

私たちはこの男にいろいろ……」

だが、セリズニョーヴァがクルィギンをさえぎって言った。

「どいてくださいと頼んだのに、どいてくれないんです」

「そうなんです」とコルシュノフが言った。

巡査はムィシンに近づいた。

「そこの市民、どうしてここに寝ころんでるんだ？」と巡査は尋ねた。

「休んでる」とムィシンは言った。

「市民、ここは休む場所ではない」と巡査は言った。「住まいはどこだ、市民？」

「ここ」とムィシンは言った。

「部屋はどこだ？」と巡査は尋ねた。

「こいつはこの住居に登録はしてるんですが、部屋はないんです」とクルィギンが言った。

「あんたは黙って、市民」と巡査は言った。「今この男としゃべってるんだから。市民、あんたはどこで寝るんだ?」

「ここ」とムィシンは言った。

「ちょっといいですか」とコルシュノフは言った。が、クルィギンがそれをさえぎって言った。

「こいつにはベッドもなくて、この床にじかに寝ころんでるんです」

「この人たちはもうずいぶん前からこの男のことで文句を言ってます」と門番は言った。

「だって廊下が全然通れないんですもの」とセリズニョーヴァが言った。「いつもいつも男の人をまたいで行くってわけにはいかないでしょ。おまけに、この人はわざと足を伸ばして手も広げて、仰向けに寝て、見てるんですよ。私は仕事で疲れて帰ってくるんですから、休息が必要ですわ」

「それに付け加えると」とコルシュノフは言った。が、クルィギンがそれをさえぎって言った。

「こいつは夜もここに寝てるんです。暗いのでみんなつまずく。こいつのせいで、私は掛布団を破ってしまいました」

するとセリズニョーヴァが言った。

「それにポケットからはいつも釘か何かが落ちてくるんです。けがをしそうで、廊下を裸足では歩けません」

「この人たち、このあいだはムィシンに灯油で火をつけようとしたんです」と門番が言った。

「ムィシンに灯油をかけました」とコルシュノフは言った。が、クルィギンがそれをさえぎって言った。

「灯油をかけて脅しただけなんです。火をつける気はありませんでした」

「目の前で生きた人間に火をつけるなんて、私が許すわけがありませんわ」とセリズニョーヴァが言った。

「で、この市民はなぜ廊下に寝てるんだ?」と急に巡査が尋ねた。

「もしもーし、ちゃんと聞いてますかぁ」とコルシュノフは言った。が、クルィギンがそれをさえぎって言った。

「こいつには他に居場所がないからですよ。この部屋には私が住んでいます。あの部屋には彼女が、こっちの部屋には彼が。で、ムィシンはこの廊下に住んでるんです」

「それはだめだ」と巡査は言った。「誰もが自分の部屋に寝ることになっている」

「でもこいつには廊下以外に居場所がないんです」とクルィギンが言った。

「そのとおり」とコルシュノフが言った。

「それでいつもここに寝ころんでるんです」とセリズニョーヴァが言った。

「だめだ」と巡査は言って、門番と一緒に立ち去った。

コルシュノフはムィシンにさっと近づいた。

「さあ」とコルシュノフは叫んだ。「どうだい?」

「ちょっと待て」とクルィギンが言った。そして、ムィシンのそばに近寄った。

「巡査が言ったことを聞いただろ? 起きろよ!」

「起きない」とムィシンは言って、床に寝ころんだままでいた。

「これからわざとずっと床に寝ころんだままでいるつもりなんだわ」とセリズニョーヴァが言った。

「絶対そうだ」とクルィギンが苦々しそうに言った。

するとコルシュノフが言った。

「疑いの余地はないですね。パルフェトマン(そのとおり)!」

〈こんなふうに隣室での出来事は起きた〉

こんなふうに隣室での出来事は起きた。アレクセーエフはお粥を食べ、食べ残しを共同台所のごみバケツに捨てた。ガローホフの妻がそれを見て、昨日は自分がごみバケツを中庭のごみ溜めに持って行ったのだから、バケツを使うのなら今晩のうちにアレクセーエフが中庭のごみ溜めに持って行くべきだと言った。アレクセーエフはそんなくだらないことをする時間はないと言い、ごみバケツの始末をしてくれれば毎月三ルーブル払うとマダム・ガローホヴァに提案した。マダム・ガローホヴァはこの提案に憤然として、アレクセーエフに向かって言わなくてもいいようなことを言いまくり、手に持っていたスプーンを床に投げつけて、自分は上流階級の出身で、もっといい暮らしをしたことだってあるのだ、自分は女中なんかではないし、自分で落としたものを拾うことだってしないのに、と言った。このせりふとともにマダム・ガローホヴァは台所から出ていき、うろたえているアレクセーエフをごみバケツのそばに置き去りにした。つまり、アレクセーエフはこれからごみバケツを中庭のごみ溜めに持って行かなければならないのだ。ものすごく嫌な仕事だ。アレクセーエフは考えた。学問に従事している自分がごみバケツにかかずらうなんて！　なんたる侮辱。アレクセーエフは台所の中をうろうろ歩き回った。と、急にある考えが浮かんだ。彼はマダム・ガローホヴァが投げつけたスプーンを拾い、しっかりとした足取りでごみバケツの方へ向かった。

「よし」とアレクセーエフは言って、ごみバケツの前にしゃがんだ。そして吐き気で息をつまらせながらお粥を食べ、スプーンと指でごみバケツの底を掻き取った。

「これでよし」とアレクセーエフは、水道でスプーンを洗いながら言った。「ごみバケツを中庭に持って行くなんて、ごめんだ」

彼はスプーンをハンカチで拭き、台所のテーブルの上に置いてから、自分の部屋に戻った。

数分後、まだ腹を立てているマダム・ガローホヴァが台所にやって来た。彼女はすぐに、スプーンが床から拾われてテーブルの上に載っていることに気づいた。マダム・ガローホヴァはごみバケツを覗き込み、ちゃんと始末がしてあるのを見て機嫌を直し、腰掛けにすわって人参をみじん切りにし始めた。

「私は望んだことは絶対にやり遂げるのよ」とマダム・ガローホヴァはひとりごとを言っ

た。

「私にたてつこうなんて思わないことよ。私は絶対に譲歩しないんだから。ほんの少しだって！」とマダム・ガローホヴァは、人参を小さく刻んで言った。

そのときアレクセーエフが台所横の廊下を通りがかった。

「アレクセイ・アレクセーエヴィチ！」とマダム・ガローホヴァが大声で呼びかけた。「どちらへお出かけ？」

「出かけたりなんかしませんよ。ヴィクトリヤ・ティモフェーエヴナ」とアレクセーエフがドアのところで立ち止まりながら言った。「バスルームに行くだけです」

〈Так началось событие в соседней квартире〉（1936–1938）

コムナルカ

「ムィシンの勝利」と「〈こんなふうに隣室での出来事は起きた〉」で描かれている住環境は、二十一世紀の日本に生きる一般読者には理解しづらいだろう。これらの作品はコムナルカと呼ばれるソ連の共同住宅を舞台にしている。コムナルカはいくつかの部屋からなるアパート形式の住居で、一部屋ごとに別の家族が暮らしていた。台所とトイレと風呂は共同で使う。このような居住形態は革命のすぐ後に出現した。政府の工業化政策により農村部から都市部に大量の人々が流入したため、大変な住宅難が生じたが、国にとっては工場を建設したり軍備を増強したりすることの方が、庶民が暮らす住宅の建設よりもずっと重要だった。それで、大きな住居で暮らしている人から無理やり何部屋か供出させ、そこに他人を住まわせる方法が考案されたのである。こうしてひとつの住居に多くの住人が詰め込まれたが、それでも住宅難は解消されなかった。このような事情が、廊下で暮らすムィシンの話の背景となっている。ハルムスと同時代の作家ブルガーコフはこの問題をさらにグロテスクに先鋭化させて、普通に市街を走っている路面電車の中で暮らす人の話を書いた。

コムナルカはルームシェアと同一視されることがあるが、その場合、ちょっとした違いが忘れられている。ひとつの空間でいろいろな人が共同生活を営むのは楽しいかもしれない。けれども、それはその共同生活が自発的に行われ、住人が互いに協調し合い、いざという時にはそこから引っ越していく可能性があるときの話だ。コムナルカにそのような可能性はなかった。夜中に大音響で音楽を聞き、台所に汚れた食器を積み上げ、風呂場を使った後に洗うことをせず、それを注意すると怒鳴り返して殴りかかろうとするような人が隣室に住んでいると想像してみてほしい。しかも、その人が引っ越すことはなく、自分の方も出ていくわけにはいかないのだ。

「〈こんなふうに隣室での出来事は起きた〉」では、コムナルカで些細なことから起きる諍いが描かれている。この作品の滑稽さをさらに増しているのは、ふたりの登場人物のどちらもが、もともと育ちのいい人たちだという点である。アレクセーエフは研究者で、マダム・ガローホヴァは上流階級の出身なのだ（だからわざわざマダムと呼ばれている）。けれども、コムナルカの生活環境にあってはそのような人々ですら、くだらないことで争い始め、あり得ない行動に出る。

コムナルカが過去のものとなった今では、コムナルカへの思いは理性と感情の入り混じった複雑なものとなっている。そこでの生活が絶望的に困難なものだったということを頭では理解していても、同時に懐かしさの感情もわいてきて、住人が喜怒哀楽を共にする、楽しい共同生活だったような気がしてくるのだ。コムナルカにノスタルジーを感じるのは、そこでの暮らしが子ども時代や、両親がずっと若かった頃といった、まだ夢と希望に満ちあふれた時代の思い出と結びついているからなのかもしれない。

使者がどのように私のもとを訪れたかについて

壁掛け時計の中でなにか物音がして、使者が私のもとを訪れた。使者がやって来たとは、すぐにはわからなかった。最初、時計が壊れたのだと思った。だがすぐに、時計は動いていて、まず間違いなく正しい時刻を指しているとわかった。それで、部屋の中をすきま風が吹いたのだろうと思った。それから、時計の異常と部屋のすきま風の両方の原因になる現象とはいったい何だろうと訝しく思った。この問題について考えながら、私はソファの横の椅子にすわって時計を見た。分針は九を指し、時針は四のあたりにあった。つまり、四時十五分前だ。時計の下には日めくりカレンダーがあり、部屋の中を強い風が吹いているみたいにヒラヒラしていた。心臓がドキドキし、意識を失うのではないかと心配になった。

「水を飲まないと」と私は言った。脇のテーブルの上に水差しがあった。私は手を伸ばして、水差しをつかんだ。

「水が効くかも」と私は言って、水を眺め始めた。

その瞬間、私のもとに使者がやって来たのだということを理解した。しかし、私は彼らと水とを区別することができなかった。私は水を飲むのが不安になった。というのも、間違って使者の一人を飲んでしまうかもしれなかったからだ。どういう意味だ？　なんの意味もない。飲むことができるのは液体だけだ。使者が液体だというのか？　ということは、私は水を飲むことができるわけで、不安になる必要はない。けれども、今度は水が見当たらなかった。私は部屋じゅうを歩き回って、水を探した。私は口の中に革バンドをつっこんだが、それは水ではなかった。カレンダーを口の中につっこんだが、それも水ではなかった。私は水をあきらめ、使者を探すことにした。けれども、どうすれば彼らが見つかるのだろう？　彼らは何に似ているのだろうか？　私は彼らと水を区別できなかったことをまだ覚えていた。とすると、彼らは水に似ているのだ。だが、水は何に似ているのだろうか？　私は立ったまま考えた。

どれくらい立ったまま考えたのかはわからないが、私は突然、体をすくめた。

「これが水だ！」と私はひとりごとを言った。けれども、それは水ではなかった。私の耳がかゆくなっただけだった。

私はたんすの下やベッドの下を手で探り始め、そこに水か使者がいるのではないかと思った。だが、たんすの下にはほこりにまみれて、犬に噛み破られた小さなボールがあっただけで、ベッドの下にはガラスの破片しかなかった。

椅子の下には食べかけのハンバーグがあった。それを食べたら気分がよくなった。風はもうほとんど吹いていなかった。時計は静かに時を刻み、時刻を正しく指し示していた。四時十五分前だった。

「ということは、使者はもう去ったのだな」と私はひとりごとを言い、知人の家に行くために服を着替え始めた。

О том, как меня посетили вестники (1937)

インクを買おうとしたおばあちゃんの話

傾き通り十七番にひとりのおばあちゃんが住んでいた。昔はだんなさんがいて、息子がひとりいた。息子は大きくなって家を出ていき、だんなさんは死んでしまって、おばあちゃんはひとりで暮らしていた。

おばあちゃんは静かに満ち足りて暮らし、お茶を飲み、息子に手紙を書いて、それよりほかのことはしなかった。

だが、同じ建物の住人は、このおばあちゃんは月から来たみたいな変人だと言っていた。おばあちゃんは夏に中庭に出てあちこち眺め、「おやまあ、雪はいったいどこに消えたの？」と言ったりした。

近所の人たちは笑い、おばあちゃんに大声で言った。「夏に雪が積もってるなんてことがあるもんかね。おばあちゃん、あんたは月から来たのかい？」

そうかと思うと、おばあちゃんは灯油を売っている店に行って尋ねた。

「ここの店ではフランスパンはいくらなの？」

店員は笑った。

「なに言ってるんですか、お客さん、うちにそんなものが置いてあるわけないでしょう？あなたは月から来たんですか！」

おばあちゃんはそういう人だったのだ！

ある日、お天気がよくて晴れていて、空には雲ひとつなかった。傾き通りに砂ぼこりが舞った。通りに面した建物の門番たちが出てきて、口に銅の金具のついた布製ホースで通りに水を撒いた。彼らは直接砂ぼこりに向かって水をかけ、水を吸った砂ぼこりは地面に落ちた。すぐに馬が水たまりを駆け抜け、ほこりを立てずに風が舞った。

十七番の家の門からおばあちゃんが出てきた。手には大きくてぴかぴかする柄《え》のついた傘を持ち、頭には黒いスパンコールのついた帽子をかぶっていた。

「教えてくださいな」とおばあちゃんは門番のひとりに向かって大声で言った。「インクはどこで売っているんでしょう？」

「何だって？」と門番は大声で聞き返した。

おばあちゃんは近寄った。

「インクですよ！」とおばあちゃんは大声で言った。

「ちょっとどいて！」門番は水を撒きながら叫んだ。

おばあちゃんが左によけると水も左に行き、おばあちゃんが急いで右に行くと、水もその後を追った。

「なにやってるんだ」と門番は叫んだ。「あんたは月から来たのかね。水を撒いているのが見えないのか！」

おばあちゃんは傘を振って、歩いていった。

おばあちゃんが市場に行くと、若い男が立ち、大きくて脂ののったスズキを売っていた。大人の片腕くらいの長さがあり、脚くらい太かった。若い男はスズキを両手で軽く投げ上げ、魚の口元を片手で持ってぶらぶらさせてからその手を離したが、落としたりはせずにもう一方の手でうまく尾をつかんで、おばあちゃんの方に差し出した。

「ほら、一ルーブルでどうだい」と彼は言った。

「いらないわ」とおばあちゃんは言った。「インクを買いに……」

若い男はおばあちゃんに最後まで言わせなかった。

「いいから買いなさいよ。安くしとくから」と男は言った。

「いらないわ」とおばあちゃんは言った。「インクを買いに……」

若い男がまた口をはさんだ。

「いいから買いなさいよ。五ポンド半もあるんだから」男は手が疲れたとでもいうように
もう一方の手に持ち替えた。

「いらないわ」とおばあちゃんは言った。「インクを買いに来たんだから」

おばあちゃんの言っていることがようやく若い男の耳に入った。

「インクだって？」男は聞き直した。

「ええ、インクよ」

「インク？」

「インク」

「魚はいらないのかね？」

「いらないわ」

「インクだって？」

「そうよ」

「あんたは月から来たのかね！」と若い男は言った。

「インクはないのね」とおばあちゃんは言って、立ち去った。

「新鮮な肉はいかが！」と大男の肉屋がおばあちゃんに呼びかけて、包丁で内臓を切り刻んだ。

「インクはありませんか」とおばあちゃんは尋ねた。

「インクだって！」と肉屋はわめき、豚のすねを持って胴体を引き寄せた。

おばあちゃんは急いで肉屋から離れた。というのも、肉屋はものすごく太っていて獰猛に見えたからだ。するとすぐに女性の売り子が声をかけた。

「こちらにどうぞ！　どうぞこちらに！」

おばあちゃんはその人の売店に行って、めがねをかけた。売り子はにっこりしてドライプルーンの入ったびんを差し出した。

「さあどうぞ」と売り子は言った。「こんなのは他の店にはありませんよ」

おばあちゃんはプルーンの入ったびんを手に取り、いろいろな角度から眺めたが、それを売り子に返した。

「私がほしいのはインクなのよ。果物じゃないわ」とおばあちゃんは言った。

「どんなインクですか？　赤いインク、それとも黒いインク？」と売り子は尋ねた。

「黒いの」とおばあちゃんは言った。

「黒いインクはありません」と売り子は言った。

「じゃあ、赤いの」とおばあちゃんは言った。

「赤いインクもありません」と売り子は言った。

「さようなら」とおばあちゃんは言って、立ち去った。

市場のはずれまで来たが、インクはどこにもなかった。

おばあちゃんは市場を出て、どこかの通りを歩いていった。

すると突然、十五頭のロバが列をなしてゆっくりと歩いているのが見えた。先頭のロバにはひとりの男が乗って、大きな旗を掲げていた。そのほかのロバにも人が乗っていて、それぞれが看板を手にしていた。

「これはいったい何かしら？」とおばあちゃんは考えた。「きっとみんな、路面電車に乗るようにロバに乗るようになったんだわ」それから先頭のロバに乗った男に向かって「おーい」と叫んだ。「ちょっと待って。どこでインクを売っているか教えてちょうだい」

先頭のロバに乗った男にはおばあちゃんの言ったことがよく聞こえなかったらしく、筒のようなものを持ち上げた。その筒は一方の先が細く、もう一方の先が広がって、漏斗のような形をしていた。男は狭い方を口元に当て、おばあちゃんに向かってまともに、七キロ先からでも聞こえるような大声でわめいた。

「ドゥーロフの客演にお急ぎください。国立サーカス劇場です！　国立サーカス劇場です！　アシカが大人気。最終週です！　チケットは劇場窓口で！」

おばあちゃんはびっくりして傘を落としてしまった。傘を拾おうとしたが、不安のあまり手が震えてまた落してしまった。

おばあちゃんは傘を拾い上げ、前にも増してしっかりと握り、大急ぎで通りを歩いて角を曲がって別の通りに入り、そこからとてもにぎやかな大通りに出た。いたる所に人がいて急ぎ足でどこかへ向かい、道路の上を車が走り、路面電車が轟音を立てた。

おばあちゃんが通りを渡ろうとしたちょうどそのとき、「タラララララ、ラー！」車の警笛が鳴った。

おばあちゃんは車をやり過ごし、車道に足を踏み出したちょうどそのとき、「気をつけろ！」と御者が怒鳴った。

おばあちゃんは馬車をやり過ごし、急いで通りの向かい側へと駆けだした。通りを半分渡ったちょうどそのとき、「ジェンジェン、ディンディン！」路面電車が走り抜けた。

おばあちゃんは引き返そうとしたが、今度は後ろから「プル、プル、プル、プル！」バイクが大きな音をたてた。

おばあちゃんは仰天した。が、ありがたいことに善人がいて、おばあちゃんの腕をつかんだ。

「何してるんですか」と彼は言った。「まるで月から来た人みたいじゃないですか！　車にひかれてしまいますよ」そう言って、おばあちゃんを通りの向こう側まで引っぱった。

おばあちゃんはほっと息をつき、その善人にインクのことを尋ねようと振り向いたが、彼はもう姿を消した後だった。

おばあちゃんは傘を杖代わりにして歩き続け、インクのことを尋ねられる人はいないかときょろきょろ見回した。杖をついたおじいちゃんが向こうからやって来た。白髪頭でよぼよぼのおじいちゃんだ。おばあちゃんはおじいちゃんに近づいて言った。

「お見かけしたところ、経験豊かなお方のよう。インクをどこで売っているかご存じではありませんか？」

　おじいちゃんは立ち止まって頭を上げ、顔いっぱいのしわを動かしながら考え込んだ。しばらく立ったまま、ポケットに手をつっこんで刻みタバコ入れとタバコを巻く紙とシガレットホルダーを取り出した。ゆっくり時間をかけてタバコを紙で巻いた後、それをホルダーに差し込んで、タバコ入れと紙をポケットにしまい、マッチを取り出した。タバコに火をつけると、マッチを片付け、歯のない口でムニャムニャ言った。

「シンクハ、ミシェシェ、ウッシェル」

　何を言っているのか、おばあちゃんにはさっぱりわからなかったが、おじいちゃんはそのまま行ってしまった。

　おばあちゃんは考えた。

　なぜ誰もインクについてまともなことを教えてくれないのかしら。

　誰もインクのことを聞いたことがないっていうの？

　それからおばあちゃんはお店に行ってインクのことを尋ねることにした。

　そこならきっとわかるでしょう。

　ちょうどすぐ近くにお店があった。壁一面が大きな窓になっていた。窓際には本がたくさん置かれていた。

「さあ」とおばあちゃんは思った。「このお店に入ってみましょう。ここならきっとインクがあるわ、こんなに本があるんだもの。本はインクで書くものですからね」

おばあちゃんは扉に近づいたが、扉はガラスでできており、なんだかおかしな具合になっていた。おばあちゃんが扉を押すと、おばあちゃん自身も後ろから何かに押されてしまった。振り向くと、別のガラス製の扉が自分めがけて進んでくるのがわかった。

おばあちゃんは前に進み、扉がおばあちゃんの後を追いかけた。周りの何もかもがガラス製で、ぐるぐる回っていた。おばあちゃんの頭もくらくらし始め、どんどん進んでいきながらどこへ行くのかさっぱりわからなかった。どこもかしこも扉だらけで、扉はぐるぐる回り、おばあちゃんを前へ前へと押し出した。

おばあちゃんは何かの周りをぐるぐる歩きに歩き、やっとのことでそこから解放された。ありがたいことに、まだ生きていた。

おばあちゃんは目の前に大きな柱時計と、上の階に通じる階段があるのを見た。時計の隣には男がひとり立っていた。おばあちゃんは男に近づいて言った。

「インクのことはどこでお尋ねすればいいでしょうか」

男はおばあちゃんには見向きもしないで、格子のはまった小さな扉を手で指し示しただけだった。

おばあちゃんは扉を開けて中に入った。ものすごく小さな、たんすくらいの大きさしかない部屋だった。部屋の中に男がひとり立っていた。おばあちゃんがこの男にインクのことを尋ねようとした……。

その瞬間、「ジン、ジジジン！」と音がして、床が上がり始めた。

おばあちゃんは立ったまま、身じろぎもせず、胸の中に重い石が生え始めたような気分になった。おばあちゃんは立ったまま、息ができなかった。

扉の隙間から誰かの手や足や頭がちらちら見え、周りではミシンのような音がうなっていた。それから音が止み、息がしやすくなった。誰かが扉を開けて言った。

「さあどうぞ、六階です。最上階ですよ」

おばあちゃんはぼうっとした頭のまま、指し示されたとおりの方へ進み、段差を上ると、扉が背後で閉まってたんすのような小部屋はまた下に降りていった。

おばあちゃんは傘を手にして立っていたが、息を切らしたままだった。おばあちゃんは廊下にいて、人々が歩き回って扉を開けたり閉めたりした。おばあちゃんは傘を握って立っていた。

おばあちゃんはしばらくそこに立ったまま、辺りの様子をうかがってから、ひとつの扉の中に入っていった。

おばあちゃんが入ったのは、大きくて明るい部屋だった。小さな机がいくつも置いてあり、それぞれに人が座っていた。紙の束に鼻を突っ込んで何かを書いている人もいれば、タイプライターを打っている人もいた。まるでおもちゃの鍛冶屋のように騒々しかった。

右手の壁際にソファが置いてあり、太った男とやせた男がすわっていた。太った男がやせた男になにか話して、満足そうに手をこすり合わせた。やせた男はかがみ込んで靴ひもを結び直しながら、銀縁のめがね越しに太った男を見た。

「ええ」と太った男は言った。「カエルを飲み込んだ男の子の話を書いたんです。すごくおもしろい話です」

「私の方は何を書いたらいいのか、まったく思いつきません」とやせた男は、靴ひもを穴に通しながら言った。

「私の話はおもしろいですよ」と太った男は言った。「男の子が家に帰ると、父親がどこに行っていたのかと尋ねます。すると、おなかの中のカエルがゲロゲロと答えるんです！　あるいは、学校で先生が男の子に、おはようはドイツ語でなんと言うかと尋ねます。すると、おなかのカエルがゲロゲロと答えるんですよ！　先生が叱りつけると、カエルがゲロゲロと言うんです！　そういう楽しい話です」と太った男は言って、手をこすり合わせた。

「あなたも何か書いたんですか？」と太った男はおばあちゃんに尋ねた。

「いいえ」とおばあちゃんは答えた。「インクが切れてしまって。インクびんはあったんです。息子のものですが、それを使い切ってしまったんです」

「息子さんも作家ですか？」と太った男が尋ねた。

「いいえ」とおばあちゃんは言った。「息子は森林官です。でも、ここには住んでいません。昔は主人のインクを使っていたのですが、主人は死んでしまって、今はひとりなんです。お宅でインクが買えますか？」唐突におばあちゃんは言った。

やせた男は靴ひもを結び、めがね越しにおばあちゃんを見た。

「インクですって？」彼は驚いて言った。

「インクですよ、ものを書くときに使う」とおばあちゃんが説明した。

「でもここではインクは売っていませんよ」と太った男が言って、手をこすり合わせるのをやめた。

「どうやってここに来たんです?」とやせた男がソファから立ちあがりながら尋ねた。

「たんすで来たんです」とおばあちゃんは言った。

「どのたんすで?」と太った男とやせた男が声を合わせて尋ねた。

「この建物の階段のところにあって、上に昇ったり下に降りたりするたんすですよ」とおばあちゃんは言った。

「ああ、エレベーターですね」とやせた男が笑い出し、またソファにすわった。もう片方の靴のひももほどけたのだ。

「どうしてここに来たんですか?」と太った男がおばあちゃんに尋ねた。

「どこにもインクがないんです」とおばあちゃんは言った。「みんなに尋ねたのに、誰も知らなくて。ここには本があったので、入ってみました。だって、本はインクで書くものでしょう!」

「ハ、ハ、ハ!」太った男が笑いだした。

「あなたはまさに、月から地球に来た人というわけだ!」

「あ、そうだ!」とやせた男が急にソファから飛び上がった。靴ひもはまだほどけたままで、床の上をブラブラしていた。「ねえ」と彼は太った男に言った。「私はおばあちゃんがインクを買おうとした話を書くことにします」

「そりゃあいい」と太った男が言って、手をこすり合わせた。

やせた男はめがねをはずし、息を吹きかけてハンカチで拭い、また鼻の上に載せた。そしておばあちゃんに言った。

「インクを買おうとしてどうなったかを話してください。あなたの話を書いて本にしたら、インクを差し上げましょう」

おばあちゃんはちょっと考えて、そうすることにした。

こうしてやせた男は「インクを買おうとしたおばあちゃんの話」を書いた。

О том, как старушка чернила покупала（1928）

七匹のねこ

とんでもない話だよ！　いったいどうすればいいんだろう。頭がこんがらがって、なんにもわからない。

まあ考えてもみておくれ。私はねこの展示会に警備員として雇われたんだ。ねこに指をひっかかれても大丈夫なように、革手袋をもらった。それから、ねこを一匹ずつケージに入れ、ねこの名前を書いた名札をつけるように言いつけられた。

「わかりました」と私は言ったよ。「それで、ねこはなんという名前なんです？」

「ええと、左のねこはマシカ、その隣にすわっているのはプロンカ、それからブベンチク、あそこにいるのはチュルカ、これはムルカ、これはブルカ、向こうのはシュトゥカトゥルカ」

ねこと私だけになったとき、考えたんだ。「まずパイプで一服してから、ねこをケージに入れるとするか」

それで私はパイプをふかしながら、ねこを見た。

一匹は前足で顔を洗い、もう一匹は天井を眺め、三匹目は部屋の中を歩き回り、四匹目はひどい声で鳴きわめき、シャーッと威嚇し合っている二匹がいて、残りの一匹が私のところに来て足をかんだ。

私は飛び上がって、パイプを落としさえした。

「こいつ」と私は怒鳴ったよ。「とんでもないやつだな！　おまえはそもそもねこには見えないぞ。おまえはプロンカか、チュルカか、それともシュトゥカトゥルカか？」

すると急にねこをみんな取り違えていると気がついた。どのねこがどういう名前なのか、すっかりわからなくなってしまった。

「ええい」と私は叫んだ。「マシカ！　プロンカ！　ブベンチク！　チュルカ！　ムルカ！　ブルカ！　シュトゥカトゥルカ！」

ねこは私のことを完全に無視した。

私は大声で言った。「ニャンニャンニャン！」

すると、ねこはいっせいに私の方を向いた。

さあ、どうする？

ねこは窓際にのぼり、私には背を向けて窓の外を一心に眺め始めた。

みんなここにすわっているけれど、どれがシュトゥカトゥルカで、どれがブベンチクだろう？

まったく区別がつかない。

すごく頭のいい人だけが、どのねこがどの名前か、わかるんじゃないかと思うよ。

この絵を見て言ってごらん。どのねこがマシカで、どのねこがプロンカで、どのねこがブベンチクで、どのねこがチュルカで、どのねこがムルカで、どのねこがブルカで、どのねこがシュトゥカトゥルカなのか。

Семь кошек（1935）

〈「ねえ、レーノチカ」とおばさんが言った〉

「ねえ、レーノチカ」とおばさんが言った。「出かけるから、おまえはおうちでお留守番。いい子にしててね。ねこのしっぽをつかんで引きずり回したり、柱時計にひきわり小麦を入れたり、ランプにぶら下がってブランコしたり、インクを飲んだりしてはだめ。わかった？」

「わかった」とレーノチカは言って、大きなはさみを手に取った。

「それじゃね」とおばさんは言った。「二時間ほどで帰ってくるわ。ミント・キャンディを買ってきてあげる。ミント・キャンディ、ほしいでしょ？」

「ほしい」と片手に大きなはさみを持ったレーノチカは言って、もう一方の手でテーブルの上にあったナプキンをつかんだ。

「じゃあね、さよなら、レーノチカ」とおばさんは言って、出かけた。

「さよなら！　さよなら！」とレーノチカは歌いだして、ナプキンをじっと見た。

おばさんはもう出かけてしまったが、レーノチカは歌い続けていた。

「さよなら！　さよなら！」とレーノチカは歌った。「さよなら、おばさん！　さよなら、四角いナプキン！」

こう言うとレーノチカははさみを使い始めた。

「こうやって、こうやって」とレーノチカは歌った。「ナプキンが丸くなる！　ほら、半分丸くなった！　ほら、小さくなった！　ナプキンは一枚しかなかったけど、今では小さいのがたくさんある！」

レーノチカはテーブルクロスを見た。

「テーブルクロスも一枚だけ！」とレーノチカは歌った。「二枚にしよう！　ほら、二枚になった！　今度は三枚！　大きいのが一枚と小さいのが二枚！　でもテーブルはひとつだけ！」

レーノチカは台所に走って、斧を取ってきた。

「さあ、テーブルをふたつにしよう！」レーノチカは歌って、斧をテーブルに打ちつけた。

でも、レーノチカがいくら一生懸命やっても、いくつかのかけらが飛び散っただけだった。

〈Вот, Леночка, – сказала тетя〉（一九三〇年代半ば）

びっくりのねこ

かわいそうに、足にけが
ねこ、うずくまって、歩けない
早く足を治さなきゃ
早く風船買わないと

通りに人が集まって
びっくり仰天、ねこを見る
ねこは半分歩きつつ
半分ふわふわ浮いている

Удивительная кошка（1938）

Uブックス版に寄せて

本書は二〇一〇年に出版された『ハルムスの世界』(ヴィレッジブックス)の増補改訂版である。『ハルムスの世界』が出版された当初は雑誌の書評欄で取り上げられ、テレビ番組でも紹介されるなど、大きな反響があった。それから十年以上の時が流れてこの本も絶版となり、ハルムスを日本の読者にもっと知ってもらいたいと願う訳者にとっては残念な状態が続いていたので、このたび改訂版を出すことを決断してくださった白水社の関係諸氏にはとても感謝している。改訂するにあたって、新たにいくつかの作品を翻訳し、〈アンコール、ハルムス〉として付け加えた。

新たに訳した作品のいくつかは、子ども向けに書かれたものである。ハルムスが児童文学と深い関わりを持っていたことは「不条理文学の先駆者ダニイル・ハルムス」でも述べたが、旧版には子ども向けの作品は収録していなかったので、今回追加することにした。ちなみに、私たちが最初に翻訳したハルムスの作品は児童文学で、季刊誌『飛ぶ教室』第八号(光村図書、二〇〇七年）に掲載された。これは柴田元幸編『昨日のように遠い日』（文藝春秋、二〇〇九年）に再録されている。本書で訳出したのは、そこに収められているのとは別の作品である。

ハルムスの児童文学では子どもが重要な役割を果たしている。子どもは世界を異化された目で見ており、大人が当たり前と思っている合理的な見方から解放されているからだ。年寄りも子どもと同じ立場にある。年寄りはもはや世間のしがらみとは無縁だからである。「インクを買おうとしたおばあちゃんの話」で繰り返し、おばあちゃんが月から来たみたいな人だと言われているのは、そういう意味だ。

だが、子どもが主人公になっている作品が本当に子ども向けの話なのかどうかは、よく考えてみる必要があるだろう。レーノチカの話はとてもかわいらしく始まるが、いたずらがどんどんエスカレートして、ついには斧で終わる。常識からの解放は暴力にもつながりかねないものなのだ。こんな話を子どもに語って聞かせたいと思う親はおそらくどこにもいないだろう。ハルムスは子どもを理想化したりはしない。攻撃性は人間の本性の一部であり、社会的な規範にまだ縛られていない子どもが攻撃的になりがちなのは、私たちも経験的によく知っていることである。

この作品集を締めくくるのは短い詩である。ハルムスが残した遺稿の大部分は詩で、子ども向けのみならず大人向けのものもたくさんある。ハルムスの詩はリズムと押韻が特徴的で、それらは日本語に翻訳すると失われてしまう。まだほとんど手つかずになっているハルムスの詩をどう訳すかは、私たちがこれから挑戦しなければならない課題である。

最後に、『ハルムスの世界』の改訂版を出す企画を白水社の会議で提案し、実現にこぎつけてくださった編集者の栗本麻央さんに心からの感謝を捧げたい。改訂するにあたって、細かい部分にまで目を配って修正することができたのは、ロシア語に堪能な栗本さんならではの助言と提案があったからである。

二〇二三年六月

訳者

初出（タイトルは初出時のもの）

「モンキービジネス」2008 Spring vol. 1 〜 2010 Winter vol. 8
〈ひとりの男がいた〉／関係／眼の錯覚／おじいさんの死／朝／心の準備のできていない人が突然新しい考えに出会ったときにどうなるかを示す四つの例／レジ係／講義／邪魔／〈眼に小石の刺さった、背の低い紳士が…〉／マシュキンはコシュキンを殺した／指物師クシャコフ／転落／多面的な診察／〈みんなお金が好き〉／数学者とアンドレイ・セミョーノヴィチ／歴史上のエピソード／〈親愛なるニカンドル・アンドレエヴィチ〉／マカーロフとペーテルセン　№. 3／最近、店で売られているもの／狩人／〈イヴァン・ヤーコヴレヴィチ・ボーボフ〉／〈私は塵を舞い上げた〉

ハルムスの世界 online only 2008 年 5 月〜 2010 年 1 月
現象と存在について　№. 2／リンチ／プーシキンについて／とても気持ちのいい朝の始まり（交響曲）／交響曲第二番／〈なぜみんなが私のことを天才だと思うのか〉／〈私たちは部屋が二つあるアパートに住んでいた〉／四本足のカラス／スケッチ／〈ひとりのフランス人にソファがプレゼントされた…〉／〈公案〉／物語／卑しい人物／〈あるエンジニア〉／失くし物／殴り合いの話／夢が人間をからかう／通りで起きたこと／門番を驚かせた若い男／私の妻に起きたこと／画家と時計／現象と存在について　№. 1

その他の作品は単行本のために訳しおろした。
281 頁の挿絵は *Хармс Д.* Полное собрание сочинений. Том 3. より。

著者紹介

ダニイル・ハルムス　Даниил Хармс

1905年ペテルブルク生まれ。ロシア・アヴァンギャルドを代表する作家のひとりで、不条理文学の先駆者。1927年に詩人ヴヴェジェンスキーらとともにオベリウ・グループを設立し、詩や戯曲など多彩なジャンルで前衛的・実験的な作品を発表した。スターリン政権下でアヴァンギャルド芸術が弾圧を受けるようになった後は、児童文学作品を執筆して糊口をしのぐ。1931年に逮捕され、一年間の流刑生活を送る。釈放後は発表のあてもないまま、不条理の感覚を前面に押し出した作品を数多く執筆する。1941年に再逮捕され、翌年に刑務所で死去。ハルムスの作品はソ連では長らく当局によって禁止されており、世間にも知られていなかった。1970年代にアメリカとドイツで「発見」された後、ソ連でもペレストロイカ期に解禁されて、以後ロシアはもとより欧米諸国でカルト的な人気を集めている。邦訳に『ハルムスの小さな船』『ズディグル　アプルル』『シャルダムサーカス』『ヌイピルシテェート』『言語機械《マシーン》』がある。

訳者略歴

増本浩子　ますもと・ひろこ

1960年生まれ。神戸大学教授。専門はドイツ文学。著書に『フリードリヒ・デュレンマットの喜劇』、訳書にベアラウ『ブレヒト　私の愛人』(共訳)、『デュレンマット戯曲集』(共訳)など。

ヴァレリー・グレチュコ　Valerij Gretchko

1964年生まれ。東京大学特任准教授。専門はロシア文学。著書に『ロシア・中欧・バルカン世界のことばと文化』(共著)、『再考ロシア・フォルマリズム』(共著)、訳書にブルガーコフ『犬の心臓・運命の卵』(共訳)など。

本書は2010年にヴィレッジブックスより刊行されたものに、〈アンコール・ハルムス〉を増補した。

白水uブックス　249

ハルムスの世界

著　者　ダニイル・ハルムス
訳　者©増本浩子
ヴァレリー・グレチュコ
発行者　岩堀雅己
発行所　株式会社 白水社
東京都千代田区神田小川町 3-24
振替　00190-5-33228　〒 101-0052
電話（03）3291-7811（営業部）
（03）3291-7821（編集部）
www.hakusuisha.co.jp

2023年 8 月 10 日　第 1 刷発行
2024年 4 月 30 日　第 4 刷発行
本文印刷　株式会社精興社
表紙印刷　クリエイティブ弥那
製　　本　誠製本株式会社
Printed in Japan

ISBN978-4-560-07249-3

乱丁・落丁本は送料小社負担にてお取り替えいたします。